Biblioteca

Corín Tellado

Corín Tellado nace en 1927, en Asturias, como María del Socorro Tellado López. En 1948 publica su primera novela, *Atrevida apuesta*. Considerada por la UNESCO como la escritora de lengua hispana más leída, junto a Cervantes, en 1994 aparece en el *Libro Guinness de los récords* como la escritora más vendida, con más de cuatrocientos millones de libros. Sus novelas se traducen a numerosos idiomas y es premiada en muchas ocasiones por sus méritos. Varias de sus novelas han sido llevadas al cine y a la televisión.

POSESIÓN

COLECCIÓN CISNE

Diseño de la portada: Departamento de diseño de Random House Mondadori
Directora de arte: Marta Borrell
Diseñadora: Judith Sendra
Fotografía de la portada: © Sharon Spiak/via Agentur Schlück GmbH

Primera edición en Cisne, 2004
Primera edición para EE.UU., 2006

www.randomhousemondadori.com.mx

Comentarios sobre la edición y contenido de este libro a:
literaria@randomhousemondadori.com.mx

ISBN: 0-307-37657-5

Impreso en México / *Printed in Mexico*

Fotocomposición: Comptex & Ass., S. L.

Distributed by Random House, Inc.

A mí
nada me coge de nuevo.
Si es un bien lo sé gozar;
si es un mal busco el remedio;
y si no lo tiene, sé sufrir,
y sufro en silencio.

L. Fernández de Moratín

I

Odette Blistene contó de nuevo el dinero. Anochecía.

Apenas se veían los pocos billetes que conservaba en su delgada mano de uñas un tanto raspadas. Doscientos francos. Era, pues, todo su capital. Una madre adoptiva, con la cual había vivido hasta que dos semanas antes falleció, y un buen bagaje de soledades y escasas experiencias eran su equipaje. Y, sobre todo, un mundo inmenso por donde caminar y sin saber qué dirección tomar para emprender una nueva vida.

Del cuarto de su madre adoptiva la echaron el mismo día que aquélla falleció y fue llevada en un ataúd de madera camino del cementerio.

Le dieron el dinero que la mujer poseía, y con él y la venta de los pocos enseres que había en la casa, Odette pensó: «Tengo diecisiete años y estoy sola. O me mato o intento vivir». Y concluyó que debía vivir, que ella no era nadie para segarse la vida.

Pensando en todo aquello, Odette esperaba que anocheciera para tomarse un bocadillo en cualquier parte y largarse después a la fonda donde vivía y en la cual disponía de una habitación sucia y maloliente, con una especie de catre a modo de lecho.

Iba oscureciendo en la ciudad de Troyes y los faroles callejeros se encendían.

Pensaba irse a París un día cualquiera. Al menos allí podría abrirse un camino, hallar trabajo y organizar su vida, lo cual no era nada fácil dada su edad y sus escasos conocimientos. Había cursado los estudios primarios y a los catorce años su madre adoptiva la puso a trabajar; ella no tenía demasiado que decir en contra, puesto que su madre adoptiva no vivía del maná y, por otra parte, no tenía demasiada salud.

Buscando un libro aquí y otro allá e incluso robando alguno y pidiendo otros, fue cultivándose un poco, como pudo, pero no lo suficiente como para tener demasiadas aspiraciones.

Decían que era bonita. Muy bonita. Muy rubia, los ojos azules, esbelta, piernas largas, caderas redondeadas, fina cintura. Tenía estilo y buenos modales y a fuerza de servir en casa de señores había

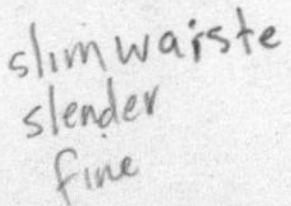

adquirido una inusitada y casi sorprendente delicadeza.

Con todo ello y sus ilusiones procuraría recorrer los ciento noventa y tantos kilómetros que la separaban de París y en el fragor de la gran ciudad buscarse su propia vida.

Se levantó y miró a su alrededor. Frunció el ceño. Se hallaba en el centro de una plaza solitaria y por allí escaseaba la luz, de modo que, sabiendo lo que solía ocurrir en tales sitios, decidió largarse de allí cuanto antes.

Repentinamente, y de las sombras, surgieron dos figuras masculinas jóvenes, con mala catadura.

—Muy sola estás —dijo uno de ellos.

Le relucían los ojos en la noche. Tenía la dentadura blanca y una boca que parecía grande a juzgar por las dos hileras de dientes que veía Odette.

El que estaba más atrás vestía una pelliza de piel, unos pantalones muy estrechos. De lo poco que veía, Odette sacaba la conclusión de que tenía ante ella a dos gamberros.

—Ya me iba —dijo.

Uno de ellos miró al otro. Murmuró entre dientes:

—¿La dejamos ir, Yves?

—Yo creo que no, Guy —rió el segundo—. Está metida en el corazón de la plaza y de aquí a la carretera hay una buena distancia. Andar sola por estos lugares es peligroso.

Ambos a la vez dieron un paso al frente. Odette susurró asustada, temblando de miedo, casi de espanto:

—No tengo nada que daros...

—Vaya si tienes —dijo el llamado Yves—. Y mucho. —Daba vueltas en torno a ella—. Eres muy linda, Guy, quítale la pelliza, verás qué busto.

Guy así lo hizo y apareció una blusa que ponía bien de manifiesto las delicadas formas femeninas de Odette, no demasiado desarrolladas aún.

—Tírala al suelo, Guy —ordenó Yves.

—¡Os pido, os ruego, os suplico!

—Déjate de lamentaciones —gruñó Yves y sacó una gran navaja del bolsillo que pareció abrirse sola.

La puso delante de los ojos de Odette.

—O haces lo que te decimos o te la metemos por el estómago y te llega a las costillas.

Odette aún no sabía lo que pretendían. Pero la manaza de Guy cayó sobre su hombro y del empujón se vio arrojada en la hojarasca del campo, bordeado de árboles y tan silencioso que apenas la luna, por la copa de un árbol, asomaba una parte de su cara redonda, haciendo más tétrico el lugar.

Con un pie, Yves le levantó la falda y miró a su compañero:

—¿Has visto alguna vez muslos más hermosos? A ello, Guy. Quítale las bragas.

Guy no se hizo esperar.

Mientras Yves, fríamente, la amenazaba con la larga navaja, Guy despojó a Odette de toda su ropa en menos de un segundo.

—Yo primero —dijo Yves.

A lo cual Guy, riendo lúgubremente, asintió.

Fue una violación desesperada. Odette no podía hacer nada contra dos y además una navaja amenazándola. Pues mientras Yves se abalanzaba sobre ella, separándole los muslos y acariciándole los senos, Guy, de pie, apuntaba con la larguísima navaja.

Yves se agitó y entró de un solo golpe, causando un horrible dolor a la joven y arrancando de su boca un grito. Yves dio varios saltos sobre ella, y lanzó un suspiro, se estremeció, dio dos sacudidas más y quedó inmóvil.

Casi enseguida, Guy le entregó la navaja y se lanzó sobre el cuerpo indefenso de Odette, cuyas nalgas tenían como miles de pinchos clavados.

Guy lo hizo también de un solo golpe causando aquel dolor inenarrable que Odette no iba a olvidar fácilmente. La poseyó en menos de cinco minutos y quedó como Yves, relajado y lacio sobre el cuerpo femenino que se estremecía de dolor.

Después se fue incorporando y se quedó de pie junto a su amigo.

—Vamos, Guy —dijo Yves indiferente; la navaja hizo un ruido seco al cerrarse.

Los dos se alejaron silbando como si en su vida hubieran roto un plato.

Odette no fue capaz de moverse en unos minutos. Cuando quiso ladear un poco el cuerpo, sintió como si mil pinchos la demolieran. El dolor era tan grande entre sus piernas, que tuvo que encogerse para soportarlo.

Tenía los ojos llenos de lágrimas.

Como pudo, a gatas, a tientas, arrastrándose por la hojarasca, alcanzó sus ropas íntimas y se las puso a trompicones.

—¡Dios mío! —susurró—. Me voy a desangrar...

¿Qué hacer? ¿Buscar un médico? ¿Irse a un hospital? No. ¿Qué podía decir en su defensa? Que dos canallas la habían violado. Y cualquiera que oyera aquello le preguntaría qué hacía ella sola en una plaza oscura de Troyes.

Se puso el sujetador y la blusa y de mala manera logró ponerse la falda. Intentó sentarse y el dolor la obligó a lanzar un grito ahogado.

Se quedó de pie. Con las piernas algo separadas y buscando el suelo bajo la débil firmeza de sus pies. Se llevó la mano al rostro. Intentó por todos los medios rehacer en su mente la escena; pero le produjo tal horror que prefirió ignorarlo.

A tientas dio un paso al frente. Después otro.

Pálida, con los ojos dilatados de espanto, el trauma reflejado en sus ojos y aquel suspiro de angustia que le salía de lo más profundo de su ser, empezó a caminar, salió de la oscuridad y apareció en la acera.

Se miró y se vio llena de sangre. Se pegó a los soportales y así logró llegar a la fonda, a trompicones. Subió por la escalera maloliente y abrió con su propia llave, deslizándose hacia su cuarto apoyándose en la pared.

Buscó una toalla húmeda y se limpió. Tenía una especie de palangana y un jarro de agua en el cuarto, de modo que hizo uso de él.

Una vez lavada vio que sangraba menos. Así que, vestida y todo, deshecha, desfallecida, traumatizada, medio loca, se tiró en el camastro.

Sabía que en lo referente a su soledad podía estar tranquila. Nadie la molestaba jamás. Ya podía morirse, que nadie acudiría en su ayuda excepto para dejar el cuarto libre y meterla en un ataúd de madera.

Cerró los ojos. Gruesas lágrimas de dolor, angustia y desesperación surgían de sus ojos y le resbalaban por el rostro. Las secó de un manotazo.

Ni por un momento se le ocurrió recurrir a las autoridades. Sabía por los periódicos que las violaciones estaban a la orden del día y que hombres despiadados dejaban a sus víctimas en el lugar donde las poseían sin preocuparse de si quedaban muertas o vivas.

No supo el tiempo que pasó allí. A medianoche, como pudo, arrastrándose, se levantó y encendió la luz. Se miró. La sangre se había coagulado, pero el dolor lacerante persistía.

Se lavó de nuevo. Cambió sus ropas se puso un camisón y se fue de nuevo hacia la cama. Cayó en ella e intentó dormir.

No era posible; le parecía que aquellos bestias con figuras masculinas caían sobre ella y la penetraban como si le metieran un hierro candente.

No se movió de su cuarto ni se levantó al día siguiente. No podía. Nadie entró a preguntar por ella. Nadie se preocupó de si había regresado, de si estaba viva o muerta.

Se levantó ya anochecido y sintió que el estómago pedía alimento. Sacudió su melena rubia y chispearon sus enormes ojos azules. Aguantaría las ganas. El dolor era menor, pero aún persistía, y prefería, cuando saliera de aquella fonda, llevarse sus cosas y cambiar de ciudad, de ambiente y de hogar.

¿Adónde iría? No tenía la menor idea, excepto que su destino sería París.

«Tomaré el tren mañana por la tarde», se dijo.

No quería pensar en lo ocurrido. La exaltaba tanto, la ponía tan negra, que prefería soslayarlo, aunque esto no era fácil por el trauma que había dejado en ella.

Podía denunciar el hecho, pero aun suponiendo que dieran caza a los violadores, eso no impediría que estuvieran fuera de la prisión a los dos días y continuaran con sus fechorías.

Una experiencia sexual odiosa, pensó. Una experiencia que le sería muy difícil olvidar.

Por la noche no pudo más y salió de la fonda. Comió algo en el bar de la esquina y como pudo volvió al miserable cuarto. Contó de nuevo el dinero. Tendría suficiente para trasladarse a París, y una vez allí ya vería lo que hacía.

A la tarde siguiente, con un pequeño maletín de lona a cuadros y un bolso colgado al hombro, vistiendo pantalones vaqueros, una camisa a cuadritos, una pelliza de lana azul oscuro forrada a cuadros y una capucha colgando, Odette subió al tren que la llevaría a París.

Buscó un compartimiento solitario, pero todos estaban llenos de gente; al fin dio con uno donde había un asiento libre.

Todo el mundo hablaba a la vez. Odette no se fijó en nadie en concreto. Iba silenciosa. Daba vueltas en su cabeza a lo ocurrido. Se sentía como desplazada del mundo, pero no era cosa de ponerse a llorar ni de lamentarse. Había sucedido y ella había superado al menos el dolor físico, aunque el trauma podía aún estar dentro.

Una hora después de ir sentada, se cansó y salió al pasillo. Se apoyó contra la ventanilla. Llegaría de noche a París y se preguntaba qué iba a hacer allí sin conocer a nadie. Según le habían dicho, París era enorme. Tenía calles preciosas y calles angostas. Grandes bulevares y grandes calles llenas de gente.

Al fondo del pasillo vio a un hombre y una mujer. Se estaban acariciando. No parecían hacer nada, pero lo cierto es que Odette vio cómo el hombre deslizaba una de sus manos por el pecho de la mujer y le asía los senos mientras la otra se metía por la falda y rodaba hacia las intimidades femeninas.

Se apartó de allí, volvió hacia el compartimiento y se sentó. Un hombre que iba a su lado le dijo:

—Me llamo Michael, pero me llaman Mich.

—Ah...

—¿Vas a París?

—Sí.

—¿Sola?

—Sí.

—Si quieres te acompaño yo.

Le miró. Era rubio y pecoso, tenía expresión amable. Pero Odette ya no se fiaba ni de su sombra.

—Llegarás de noche —dijo él—. ¿Conoces París?

—No...

—Yo tengo un apartamento cercano a la estación donde parará el tren.

—Bueno.

—Podemos comer en la estación misma. Es grande, hay de todo.

Se sentía sola y desplomada, irritada y a la vez perpleja.

El hombre no contaría más allá de los treinta años; se inclinó hacia ella y le siseó al oído, pues todo el mundo que iba en el compartimiento hablaba a la vez y allí no se entendía nadie:

—Soy escultor. Salgo de vez en cuando a vender mis esculturas. Esta vez me fue bien. Tengo algún dinero. Si estás de acuerdo, te invito al llegar a París.

Como ella no decía nada y seguía mirando como hipnotizada hacia delante, añadió:

—¿Cómo te llamas?

—Odette.

—¿Estás sola?

—Sí... —dijo titubeante.

Mich alargó una mano y apretó los dedos de la joven, que los retiró con rapidez.

—No me tengas miedo —dijo él—. No persigo nada...

Odette no acababa de entender, aunque desde su confusa mentalidad presumía algo.

—No me gustan las mujeres, quiero decirte.

—Ah.

—Sólo como amigas espirituales.

—Oh.

—¿Qué me dices?

—¿De qué?

—De comer conmigo.

—Bueno.

—Vale.

Y empezó a hablar de sí mismo, pero como las voces de los otros usuarios del compartimiento eran muy altas, terminó por quedarse callado.

Pero Odette ya sabía que era escultor. Que su fama no era mucha. Que de vez en cuando le visitaba su amigo Eddy y que entre los dos lo pasaban bastante bien. Que con su trabajo ganaba algún dinero y que no volvía a trabajar hasta que se lo gastaba todo. Añadió que era homosexual de nacimiento y que no sentía ningún complejo por ello, que poseía una peña de amiguetes con los cuales disfrutaba mucho, porque la mayoría eran como él y pensaban del mismo modo y hacían las mismas o parecidas cosas.

—¿Tienes trabajo en París? —le preguntó más tarde.

Odette negó con la cabeza.

—Te ayudaré a buscarlo. Tengo un amigo que se llama Alain y que hace fotografías para revistas de moda y pornográficas. Puedes ganártelo estupendamente. ¿Cuántos años tienes?

No los dijo. Ni siquiera respondió al ofrecimiento que le hacía. Miraba al frente y estaba como ensimismada.

El tren llegó al fin a París y ella se hizo cargo de su maletín de lona de colores. Se colgó el bolso al hombro y cuando salían por el pasillo del vagón sintió la viscosa boca de su reciente amigo en la oreja.

—Tienes un cuerpo escultural —le ponderó—. Puedes hacer grandes cosas en París.

Ni se molestó en responder.

Todo el mundo se apiñaba en la estación. Odette no pudo por menos de comparar la estación de Troyes con aquélla.

—Hay muchas estaciones —le iba explicando Mich—, pero no creas que hay alguna vacía. París es enorme y en cada estación se mueven centenares de seres.

Descendían del tren y la llevaba asida del brazo. Tenía los dedos romos, seguramente de modelar la arcilla. Era bastante alto, pelo rojizo y muchas pecas, una sonrisa de lado a lado y modales muy afeminados.

—¡Mich! —oyó Odette que gritaban en alguna parte.

Mich la soltó, pero cuando ya iba a echar a andar volvió sobre sus pasos y la asió por el codo, quitándole la maleta de la mano.

—Vamos. Eddy está esperándome. Eddy no me falla nunca.

Odette pensó que entre encontrarse sola o con unos violadores y estar al lado de dos homosexuales era mejor lo último. Así que les siguió.

—¡Mich! —gritaba el otro que se acercaba a grandes pasos, como dando saltitos.

Odette, asombrada, vio cómo Mich soltaba la maleta, aferraba al llamado Eddy contra sí y le daba un beso en los labios.

Se quedó parpadeando. Ella sabía cosas por los

libros. Pero aquéllas no eran tan fáciles de asimilar.

Después de besarse, los dos jóvenes se aferraron del brazo, pero Mich asió la maleta de colores y dijo a Eddy:

—Es una amiga que hice en el tren.

Eddy posó en Odette los ojos. Eran negros y vivaces. De modales aún más femeninos que Mich, su sonrisa parecía abrirle el rostro de parte a parte.

Alargó la mano y dijo, apretando la que Odette le tendía automáticamente:

—El que es amigo de Mich es mi amigo. ¿Cómo estás?

—Se llama Odette —dijo Mich echando a andar en medio de la joven y de su amigo.

—Bienvenida, Odette. ¿Es tu protegida, Mich?

—Si ella quiere, ¿por qué no? Tenemos una casa bastante grande y ella puede quedarse con nosotros hasta que encuentre trabajo. ¿Sabes lo que yo le digo, Eddy?

—No.

—Que puede ayudarla Alain.

Eddy asintió con movimientos de cabeza.

Odette preguntó con un hilo de voz:

—¿Es... como vosotros?

—¿A qué te refieres?

Ya entraban los tres en la cafetería de la estación. Mientras Eddy seguía esperando la aclaración de la joven, Mich decía:

—Nos quedamos aquí a cenar, Eddy. Busca una mesa.

Eddy empezó a buscarla con los ojos, pero preguntó de nuevo a Odette:

—¿A qué te refieres?

—Si es... homosexual.

—¡Ah! A medias. Le gusta todo. Pero más que nada hacer fotografías porno. Se lo pasa bomba haciendo fotos. Es algo sádico. Yo creo que goza más fotografiando a una mujer en trance que haciendo otra cosa. ¿Tú eres virgen?

Odette no respondió y como Mich chillaba que allí mismo había una mesa, tiró de la joven y fueron a ocuparla.

—Dejo aquí tu maletín, Odette —decía Mich riendo—. Entre mis piernas no hay quien se lo lleve, a menos que me las corten. Aquí no hay que fiarse mucho de nada. Todo el mundo anda a la que salta.

—¿Por qué tengo yo que fiarme de vosotros? —preguntó Odette temblando, pensando en lo que le había pasado en la plaza oscura de Troyes.

Eddy y Mich se miraron y empezaron a reír.

—No eres un buen fichaje para nosotros, Odette —dijo Eddy seriamente—. Si fueras un joven... Pero una mujer... ¡Puaff! De todos modos nosotros tenemos buenas amigas y nos visitan con frecuencia.

—Puedes creer en nuestra ayuda desinteresada —dijo Mich con gravedad—. Ya estamos apañados. Eddy y yo nos entendemos a las mil maravillas. Eddy se dedica a buscar chicas guapas para Alain. Y Alain no es de los que violan a la gente —Odette se estremeció recordando—. Es de los que convence. ¿Te quieres acostar con él? Te acuestas. ¿No quieres y sólo prefieres posar desnuda o bajo el cuerpo de un hombre para una estampa porno? Alain paga por eso. Y paga muy bien. Vende esas fotos como rosquillas en las estaciones e incluso en las librerías y no te digo nada en los aeropuertos.

—Es un trabajo liviano —añadió Eddy—. Poco trabajo y buen dinero.

—A menos —intervino Mich de nuevo— que prefieras servir a un amo. No ganarás poco, pero estarás demasiado sujeta, y vivir en París quiere decir vivir intensamente.

Llegaba el camarero y pidieron el plato por su número.

Eddy miró a Odette con simpatía. Era una monada de muchacha. Seguro que Alain pagaba lo suyo por el fichaje. Tenía que convencer a la joven de que posara para Alain.

—Te aconsejo que pidas el plato número seis, Odette —le dijo Eddy—. Está riquísimo.

—Bueno.

—Tres del seis —dijo Mich.

—Y cerveza —gritó Eddy al camarero que ya se iba.

—¿Cuántas?

—Tres.

Cuando el camarero se alejó y mientras la gente se apiñaba buscando mesas, Mich, miró a Odette con detenimiento.

—En la semipenumbra del tren se empalidecía tu belleza, pero aquí, a la luz artificial, debo confesar que eres guapísima. Tienes pocos años. Muy pocos.

Odette iba tomando confianza. ¿Qué podía hacer? O creía en aquellos dos, o ya no creía ni en sí misma. Y para seguir viviendo, más le valía creer en alguien o en algo.

—Tengo diecisiete años, dentro de tres meses cumplo dieciocho.

—¡Dios, Mich! —exclamó Eddy—. Alain me paga una fortuna si la ficho.

—De todos modos no le diremos nada a Al

mientras Odette no esté de acuerdo. A mí me gusta proteger a la gente joven y hermosa como nuestra nueva amiga.

¿Sería cierto o estarían burlándose de ella? De todos modos, pensó Odette, entre andar sola por un París bullicioso y desconocido, lleno de malas intenciones, y aquellos dos, prefería lo último.

No obstante, no estaba tan de acuerdo con el trabajo que le ofrecían. Y Eddy, por lo visto, era el que más se apuraba.

—Ahora vamos a comer —decidió Mich—. Después te llevamos a nuestra casa y te quedas allí todo el tiempo que quieras; y si prefieres no vernos, te cierras en tu cuarto. ¿Está claro? Eddy, no me mires así. A mí me gusta ayudar a mis amigos y Odette es hoy mi protegida.

II

La casa, según pudo comprobar Odette, era bastante grande. Un piso cercano a la estación, en una casa de ladrillo rojo y no demasiado nueva. Pero el apartamento en sí tenía comodidades. Estaba encalado y en las esquinas había retratos de hombres en cueros, amén de jarritas con flores, trajes femeninos y zapatos de tacón.

Con gran asombro, y eso que Odette empezaba ya a no asombrarse de nada, vio que Eddy empezaba a ponerse unas preciosas braguitas de encaje, un sujetador con postizos, una falda de vuelos, una blusa transparente y una peluca, amén de calzarse zapatos de tacón.

—Estás guapísima, Eddy —decía Mich pasando la mano por la cara rasurada de su amigo—. Vamos a acomodar a Odette y después nos venimos aquí los dos.

A todo esto Mich ya estaba equipado con bragas

femeninas y un sujetador color de rosa. Eso sí, buscó zapatos de tacón y con ellos puestos los dos amigos, más contentos que unas castañuelas y con naturalidad, se hicieron cargo del maletín de Odette y la condujeron a un cuarto lleno de flores y cretonas, con una cama al fondo y un armario blanco.

—Éste es tu cuarto durante el tiempo que quieras, Odette—dijo Mich, que parecía el más complaciente de los dos—. Nosotros vamos a lo nuestro porque no nos vimos en toda la semana, y cuando eso ocurre lo pasamos faltal ambos. Nos queremos de verdad —añadió Mich mirando a Eddy—. Nos necesitamos y nos reunimos cuando nos place, que es casi todos los días. Si un día Eddy me deja yo me muero. Pareces cansada. De modo que acuéstate y duerme y si quieres darte una ducha sales al pasillo y pillas el baño. Estaremos en el salón.

Odette, a pesar de lo que ya llevaba encima, estaba viendo y oyendo tantas cosas que pocas iban a pillarla de sorpresa.

Los amigos se fueron y ella se quedó erguida mirando ante sí. En medio de todo presentía que había tenido suerte, porque si aquellos dos en vez de ser homosexuales tuviesen apetencias femeninas, estaría de nuevo ante violadores.

Al rato oyó gemidos. Miró por el ojo de la cerradura acuciada por la curiosidad.

La pareja actuaba como si se tratara de dos seres de distinto sexo. Odette se quedó con los ojos como platos.

Se retiró del ojo de la cerradura y procedió a desvestirse. Se tendió desnuda en la cama y se cubrió con la colcha. Desde allí oía perfectamente a sus nuevos amigos. Sin duda lo estaban pasando bomba. La voz de Eddy parecía afinarse cada vez más y las frases que pronunciaba las imaginaba Odette más en boca de una mujer que en la de un hombre.

El sueño no acudía. Lo que ocurría en el salón, que oía con nitidez dada la delgadez de los tabiques, la estaba excitando a su pesar.

No pensó en los dos violadores. Aquello quedaba lejos. Pero pensaba que si aquellos dos disfrutaban así, qué ocurriría si fuesen de distinto sexo.

Como no podía conciliar el sueño, dejó por fin de oír suspiros y gemidos, pero escuchó voces atipladas que talmente parecían femeninas.

—Yo creo que si Al la ve, la ficha para su archivo porno. ¿Qué dices, Mich?

—Yo digo que o la ayudamos o no la ayudamos; y tú y yo vamos a ayudarla. Está sola, es joven y se me antoja que no sabe nada de nada. De modo que lo mejor es esperar. Podemos mantenerla un tiempo y buscarle otro tipo de trabajo.

—Pero ¿no te das cuenta? Si se la presentamos

a Alain, nos pagará un montón de dinero, con lo cual no tendremos que separarnos ni tú mancharte las manos de escayola y yesos.

—De todos modos —insistía Mich, y Odette se lo agradeció —tiene que decirlo ella. Nosotros no vamos a disponer de su vida sin su permiso. ¿Está claro, Eddy?

Hubo un silencio. Al rato oyó la fina voz de Eddy más afeminada que nunca:

—Lo que tú digas.

—Así es mejor, Eddy. Nosotros somos lo que somos y no nos avergonzamos de ello, lo disfrutamos sanamente, pero hacer traición a una amiga que hemos encontrado esta misma noche, no va con mi conciencia.

—De acuerdo, de acuerdo. No obstante, déjame que mañana le pregunte si quiere que le presente a Al.

—Eso es otra cosa muy diferente. Si ella quiere, nosotros lo hacemos de inmediato. Pero si no quiere, ya te digo que no.

—Al puede hacerla famosa en dos días.

—¿Otra vez, Eddy?

—Mañana le diré lo que paga Al y lo que hay que hacer para recibir ese dinero. Si ella no tiene un franco y la vida en París es dura donde las hay, tú me dirás la elección.

—Cuando mañana se levante le preguntamos.

—Eso me parece mejor. Una cosa es que la consideremos nuestra amiga, y así la consideramos, y otra muy distinta que la mantengamos el resto de su vida. La vida para nosotros es dura. Si nos separa la necesidad, el amor nos une, pero eso de contigo pan y cebolla es un cuento tártaro. Y debido a esas necesidades, a los dos nos cuesta separarnos. Sobre todo tú que sales por provincias a vender tus esculturas.

—Ahora nos vamos a dormir, mañana ya hablaremos.

Odette conoció a Alain sin proponérselo.

Fue al día siguiente, hallándose sola en casa, porque sus amigos habían salido, cuando sonó el timbre y fue a abrir.

Se encontró con un tipo alto y flaco, de larga barba y pelo más que largo. Tenía los ojos oscuros y vivaces, una boca muy bien formada y una nariz muy recta. Vestía pantalones que parecían de tela de gabardina color cremoso, arrugados y sin raya, muy estrechos. Una camisa de color plomizo y una zamarra que casi le llegaba a las rodillas, de un tono pardo. Además llevaba una larga bufanda en torno al cuello y que caía a lo largo de su pecho.

Al ver a Odette se la quedó mirando boquiabierto.

—¿No están los chicos?

Odette pensó que «los chicos» debían de ser Mich y Eddy. Por eso dijo:

—No tardarán en venir, si te refieres a Mich y a Eddy.

—A ellos me refiero —miró en torno—. ¿Sabes si tardarán mucho en venir? —Y sin esperar respuesta añadió delineándola con los ojos—. ¿Eres del fichaje de Eddy?

—No que yo sepa.

—Me llamo Alain. ¿No les has oído hablar de mí?

—Sí, creo que sí.

—Entonces puedo pasar, ¿no?

—Pasa si quieres.

Odette le vio pasar y mirar de nuevo en torno suyo.

—Estos maricas —dijo—, siempre con colorines y rositas. Pero son dos estupendos chicos. —Fijó en ella de nuevo los ojos al tiempo que se le acercaba a paso corto—. ¿Eres su amiga?

—Sí.

—¿Muy amiga?

—Me han ofrecido su casa.

—¿Dónde te han pillado?

—En un tren.

—¡Ohhh! Ese fue Mich, ¿no? Es el que viaja.

—Fue Mich, sí.

—Es un sentimental. Tiene todito el corazón almibarado de una tía. Pero es el mejor de los amigos para ayudar a los ídem. Si te tomó aprecio puedes estar segura a su lado.

Había dejado de dar vueltas en torno a la joven. Odette vestía una falda estrecha con un plieguecito bajo, que modelaba perfectamente su silueta y demarcaba sus pantorrillas y sus muslos. Tenía las piernas derechas y largas y su busto casi incipiente, pero redondo y túrgido, lo ocultaba bajo una blusa que metía por la cintura de la falda. Peinaba el rubio cabello, bastante largo, sin horquillas ni goma y le rozaba un poco la mejilla. No había pintura en su rostro, pero los azules ojos tenían una luminosidad que sorprendió a Alain gratamente.

Sin quitarse la pelliza, se dejó caer en una butaca y abrió las piernas buscando en los bolsillos un cigarrillo.

—¿Fumas? —preguntó—. Puedes hacerlo tranquilamente. No pienses que es droga.

Como la joven le seguía mirando sin parpadear, él añadió riendo:

—¿No te sientas?

Odette cayó en una silla silenciosamente.

—Fumo —dijo—. No mucho, pero me gusta.

Alain le alargó la cajetilla asomando un cigarrillo.

—Pues toma.

Y se inclinó hacia delante para darle lumbre. Al tiempo de inclinarse y sujetar el mechero con una mano, le puso la otra en un seno.

—Es estupendo —ponderó.

Odette se estremeció de pies a cabeza y se retiró un poco, de modo que Alain quedó con los dedos extendidos.

—¿Te molesta? —preguntó.

—No me gusta que me toquen si yo no quiero.

—¿Y por qué no quieres? Te diré que tienes un cuerpo fabuloso. Estás muy bien. ¿Quieres ganar dinero? Yo te lo puedo hacer ganar con facilidad. —Metió la mano en el bolsillo y sacó una tarjeta—. Vas a esta dirección a las seis de la tarde. Pago muy bien.

—¿Estarás tú solo?

—No. Nunca estoy solo, pero los que estén conmigo ten por seguro que serán amigos míos; y tuyos si lo deseas. No sé si se lo habrás oído decir a Mich o Eddy, pero yo me dedico a hacer películas porno; como cuestan mucho y no soy rico, me lo gano más haciendo fotografías que luego vendo a buen precio. Puedo ficharte como fija si tú quieres. Te ganas una porrada de dinero y luego dejas de ir cuando gustes. De todos modos en mi casa siempre hay un sitio para mis colaboradores.

—¿Qué tengo que hacer?

Alain se levantó y se acercó a ella que aún estaba sentada. Sin mucho miramiento y con cautela, esperando tal vez la reacción de la joven, le puso una mano en el hombro y se la deslizó por la abertura de la blusa. Sus dedos recorrieron los senos femeninos sin que Odette pestañeara, pues una cosa era ser poseída a lo bestia como ella lo había sido y otra muy diferente sentir aquella caricia. Estaba temblando y empezaba a excitarse.

—Desnúdate —le dijo Al con tranquilidad sin dejar de acariciarle los senos—. Y si quieres nos acostamos para que no te vaya asombrando tu labor. Yo soy bisexual, pero no creas que dejan de gustarme las mujeres. Tanto me da un sexo que otro, pero cuando estoy con el que sea, me entrego. Aunque no es que yo ande mucho detrás de eso, pues gozo más viendo cómo los demás funcionan. ¿Te desnudas?

Odette empezaba a considerar todo aquello natural. De modo que aún con reparos dijo, separándose de Alain y levantándose:

—¿Y si vienen Mich y Eddy?

—¿Los chicos? Vamos, no digas bobadas. Es

como si vieran un biberón y ya no quisieran ni teta ni biberón. Ellos son totalmente inofensivos y hasta yo puedo serlo también. Puedes considerarme hermafrodita. ¿Sabes lo que es eso?

—Sí.

—Dime, antes de quitarte la ropa, ¿eres virgen? ¿Sabes ya de estas cosas?

—Me violaron dos hace apenas una semana.

—Valientes canallas. Eso suele destrozar a una mujer.

Y como ella le miraba interrogante, añadió riendo:

—Pero no te preocupes, todo será diferente. Yo no soy hábil tratando mujeres y lo reconozco, pero tampoco soy muy torpe y, por supuesto, no soy un bruto. Tengo un negocio y de él vivo. El amor para mí es tabú y el sexo no me emociona nada. Tú procura no enamorarte. Si te enamoras estás perdida.

Dicho lo cual empezó a desabrocharle la blusa. Odette pensó que no tenía por qué ponerle reparos, así que cuando estuvo completamente desnuda, Alain entornó los párpados y dijo:

—Paséate con aire. Tienes clase y distinción. Puedes hacer milagros. El amor también requiere su sensibilidad. Me refiero al amor en papel, en cartulina. Me sirves.

—¿Me visto? —preguntó Odette mirándose a sí misma.

Alain mojó los labios con la lengua y se acercó a ella, al tiempo que se despojaba de la zamarra.

—Yo no quiero forzarte —dijo—. No suelo hacerlo jamás. Desde muy joven empecé a hacer el amor bisexual y lo pasaba bien igual con una mujer que con un hombre. De todos modos cuando me gusta una mujer suelo complacerla. En esa violación, ¿qué sentiste?

—Un dolor insoportable —dijo cobrando más confianza con él.

Alain hizo un gesto de asco.

—Esos bestias debían de ser todos castrados. Pueden hacer frígida a una mujer para el resto de su vida. Pero el destino te trajo a buenas manos. Mich es un santo bajado del cielo y Eddy un infeliz. Se aman y se lo demuestran algo empalagosamente, pero se aman sinceramente, lo cual ya es algo. Por mi parte vivo más del negocio que del placer. Ando loco buscando la forma de ganar más dinero para dedicarme a películas de pocos milímetros, pero cuestan caras y no puedo darme ese gusto. No obstante, de momento me va bien con las fotografías. Las vendo a editoriales que se dedican a hacer revistas porno; y además vendo las fotografías sueltas por librerías y aeropuertos e incluso estaciones de ferrocarril. —Le había puesto una mano en el hombro y se lo acariciaba dejando deslizar sus dedos hasta los senos—. Son duros y jóvenes. ¿Cuántos años tienes?

—No hice dieciocho.

—Pues tienes cuerda para rato. Puedes explotar tu cuerpo hasta los treinta y tantos; y si te cuidas, o no bebes ni tomas drogas, incluso alargar más tu juventud apetitosa. Estás divina. —Y con suavidad añadió—: ¿Quieres que nos acostemos juntos y ver si te quito ese mal sabor de boca que te han dejado los violadores? ¿No lo habías hecho antes?

—No.

—O sea, que eras virgen cuando esos brutos te asaltaron.

—Sí.

Ya los dedos de Alain iban por sus muslos y con cuidado en las intimidades femeninas.

—¿Te duele aún?

—Ya no. Eso fue hace una semana.

—Anda —la asió por la cintura—, vamos a tu cuarto. Es posible que Eddy y Mich no vengan en una hora. Pero aunque vengan, si me ven contigo no dicen nada siempre que no te tenga forzada, y te repito que yo no fuerzo a nadie.

Odette fue dócilmente.

Alain empezó a quitarse la camisa y luego los pantalones. Los tiró sobre una silla y miró a Odette que aún seguía en pie, interrogante.

—Tiéndete en la cama —y de súbito añadió—: Oye ¿me has dicho cómo te llamas?

—No lo sé. Pero si quieres te lo digo ahora. Me llamo Odette.

A todo esto ya estaba tendida en el lecho y Alain se deslizaba junto a ella.

Empezó a acariciarla con cierta torpeza pero sin brutalidad. Y cuando le pareció que estaba muy excitada, entró en ella con cuidado, pero sin pasión alguna.

No dejó en Odette un recuerdo muy agradable, aunque sí pensó que le gustaría sentirlo con más apasionamiento. El que realmente sentía ella. Una súbita vehemencia, un deseo irrefrenable le sirvió de poco, pues, como bien había dicho el mismo Alain, él no era hábil con las mujeres.

Quedó relajado junto a ella y la miró con los párpados entornados.

—No soy fogoso, ¿verdad, Odette?

Ella sonrió tímidamente.

—Pero creo que te habrás hecho una idea de lo que es la posesión sexual, ¿no es cierto?

—Sí.

—No sé si habrás sentido el placer —dijo él con acento vago—, pero yo hice todo lo que supe para que lo lograras.

Alain se alzó de hombros, saltó del lecho y procedió a vestirse. Cuando aún tenía el tórax desnudo exclamó:

—Ni soy un hércules ni me interesa el amor en exceso. Si he de serte sincero, tiro más a homosexual, pero ésas son cosas que si no nacen con uno, se van creando a medida que uno vive. Te di algo que ignorabas, pero quiero tener la honradez suficiente para añadir que el amor puede ser más intenso. Sin embargo no dejes tus sentimientos en esas posesiones porque entonces estás perdida. No serás nunca dueña de ti. Si quieres vivir de esto y de las fotografías, que viene a ser casi igual, reserva tus sentimientos y hazte todo lo egoísta que puedas. Yo te hablo así porque eres amiga de los «chicos», y si ellos decidieron protegerte lo harán con uñas y dientes.

Se iba poniendo la camisa mientras Odette se tapaba con la colcha.

—De ser otras las circunstancias y el momento, ten por seguro que yo no me metía en honduras. Pero me gustaría que fueras adiestrándote y te pusieras en guardia contra las sensiblerías amorosas. Eres muy joven y si te enamoras cualquiera puede servirse de tus debilidades, y más que nadie el hombre a quien ames si no es un tipo honesto. De ésos hay muchos en París. Me refiero a los chulos y maricas que viven de lo que ganan las mujeres. Ponte en guardia, saca las uñas y empieza conocer mundo y a los hombres. A otra cualquiera no le hubiera dicho esto, pero tú eres cosa de los «chicos» y yo a los «chicos» los aprecio mucho.

Como había terminado de vestirse salió de la alcoba y se puso la pelliza.

—¿Vienes, Odette, o me voy y te espero en mi estudio? Has dejado aquí la tarjeta.

Odette ya se estaba vistiendo. Sacudió la melena y mojó los labios con la lengua. La verdad es que había quedado con ganas de más, pero ya se daba cuenta desde su corta andadura que Alain daba lo que tenía, pero en modo alguno podía sacar fuego ni fuerza de su cuerpo si no existían en él.

No obstante le gustaba la forma de hablar de su nuevo amigo y hasta no le parecía mal el trabajo que le ofrecía.

El caso era desnudarse dos o tres veces, las demás sería ya como coser y cantar y seguramente el amor llegaría a ser para ella, como para Alain, una posesión más o menos intensa, pero tan sólo posesión física.

Asomó cuando Alain aún tenía la tarjeta en la mano y la contemplaba con los párpados entornados.

—No la pierdas entretanto no aprendas el camino hacia mi estudio. —Se sentó y miró a la joven ya vestida—. Es posible que cuando te vean desnuda en las fotografías que yo te haga, resultes atractiva. No creas, yo hice ya varias de esas sesiones y hoy las chicas están en la cumbre de la fama. Pero no me enojo. Nunca faltan chicas guapas con falta de dinero que se presten a ciertas cosas. Y la fama no se consigue así como así. Yo nunca entorpezco el camino de mis colaboradores. ¿Que alguien las ve y se encarga de promocionarlas? Pues yo tranquilo. Claro que si me lo permites, y dada tu poca edad, me gustaría asesorarte en ciertas cosas. A veces aparecen tipos ofreciendo el oro y el moro, hacen la promoción y la hacen bien, pero al mismo tiempo te pescan bajo un contrato leonino y cuando tu nombre está en la cumbre resulta que quienes se ganan el dinero son ellos. Pero si ese momento llega estaré yo allí para defenderte, y los chicos no tienen nada de bobos: si han decidido erigirse en protectores tuyos, nadie les engañará.

En esto se abrió la puerta y aparecieron Mich y Eddy.

Al ver a Alain, Eddy se apresuró a decir:

—La encontré yo, ¿eh? De modo que si os habéis puesto de acuerdo, venga la pasta.

—¿Qué haces aquí, Al? —preguntó Mich receloso mirando a éste y a la joven.

Alain rió.

—Que os diga Odette si la maltraté.

Los dos, ansiosos, miraron a la muchacha.

—No, no —dijo ella sonriente—. Me ha dado unos consejos y unas suaves lecciones sexuales. Creo que voy a trabajar para él —miró a Eddy—, pero si lo hago, y lo sabré esta tarde cuando conozca bien el trabajo, tendrá que pagarme el fichaje, Eddy.

—Iré contigo —decidió Eddy—. Yo te la llevaré, Al.

—Me parece bien. Quedas en buenas manos, Odette. Ve por la tarde y si te parece que te acompañen los dos.

Era noche cerrada cuando los tres entraron en el estudio de Alain.

A las seis y en invierno, además de hacer frío de muerte, oscurecía y las luces de las calles se encendían. El estudio de Alain quedaba en un ático cerca de Montmartre y Odette abrió unos ojos así de grandes al ver todo lo que la rodeaba.

Era un conglomerado. Canapés, sillones, gruesas alfombras descoloridas pero que bajo los focos parecían nuevecitas.

Tumbadas en el suelo, completamente desnudas había tres personas. Dos chicas y un chico de pelo rubio y morena tez, muy guapo. Las dos chicas estaban sobre él, una de rodillas y otra tendida.

Entretanto los focos cegaban en el estudio y Al, máquina en ristre, gritaba:

—¡Ahora, muchacho!

Odette y los chicos contemplaron aquello con toda tranquilidad. Al menos los chicos, porque Odette aún no había pestañeado debido al asombro que aquello le causaba.

Durante el acto Alain disparó más de siete veces. Cuando el chico terminó con una, súbitamente, por una orden de Alain, la otra se deslizó debajo del muchacho.

Cuando todo terminó, Alain dejó la máquina colgando en el pecho y miró a sus viejos amigos y a Odette.

—¿Qué? —preguntó—. ¿A que es fácil?

Odette no tenía voz. Intentaba abrir los labios, pero no le salía palabra. A todo esto los tres protagonistas andaban por el estudio buscando sus ropas y farfullando protestas porque no las encontraban.

—Como ves —decía Al dirigiéndose a Odette

sin hacer caso a los otros—, esto es todo mecánico.

—¿Mecánico?

—Las caras de ansiedad, los suspiros, las pupilas dilatadas. Todo eso es un cuento. Hay que hacer ver que se siente para plasmarlo en la cartulina. Eso quiere decir que además de posar, se debe tener espíritu de artista.

Y como los desnudos andaban aún buscando su ropa, lanzando maldiciones, Al les gritó:

—La dejáis siempre por ahí y el día menos pensando sale en las fotografías y me estropeáis el trabajo. Así que la llevé a ese cuarto.

—Pues haberlo dicho.

—Búscala, Mía, y déjate de chillar.

Odette vio cómo se vestían y se acercaban a Al, que metía la mano en el bolsillo y les entregaba dinero.

—Mañana no os toca a vosotros —les dijo Alain—. Y tú, Mía, cuando estés haciendo eso, procura no poner cara de boba, sino de ansiedad o deslumbramiento.

—Déjate de tonterías —farfulló la llamada Mía.

Se fue y detrás de ella, contando el dinero, se fueron los otros dos.

—Ahora —dijo Al— tomaremos una copa los cuatro. Por hoy he terminado. —Miró a Odette mientras buscaba una botella de whisky entre aquel conglomerado de cosas—. ¿Te has dado cuenta de lo que significa posar para mí?

—No demasiado. ¿Hay que hacer todo eso sin sentirlo?

—Si lo sientes, mejor —dijo Al, satisfecho, encontrando al fin la botella de whisky y cuatro vasos—. Siempre serás más expresiva.

—Pero no utilizas siempre al mismo hombre —dijo Mich.

—Claro que no. De tener siempre al mismo muchacho, las fotografías se terminarían con doce. Y yo hago centenares. Pero no te preocupes. Ésos llueven. Son gente que gana poco y necesita más. Los tengo por días. Dos diferentes cada día y hago doce fotografías de cada uno. Las chicas varían menos porque si son bellas como las que acaban de salir y como Odette, por ejemplo, los que compran las fotografías se familiarizan con los cuerpos y los rostros. Es como si uno escribiera un libro y al comprar la novela se eligiera al autor. ¿Entiendes?

—Ya conocemos tu negocio.

—Eddy, ¿te sientes con fuerzas para posar con Odette?

Eddy dio un salto felino hacia atrás.

—¿Yo con una mujer? Ni lo sueñes.

—Pero, hombre, unas pocas fotografías...

—Que no, que no. Si quieres una de Mich y mía es otra cosa.

—A ello. Tal vez resulte interesante. Siéntate, Odette, que voy a sacar a esos dos. ¿Nunca los has visto divirtiéndose? Pues lo vas a ver.

Odette se sentó y Alain le dio la copa.

Después empezó la sesión. Alain se entusiasmaba de tal modo que no acertaba a fotografiarlos. Odette bebía el whisky a pequeños sorbos y sentía que toda la sangre le daba vueltas dentro del cuerpo.

III

Odette estaba encantada de aquella vida. No es que sintiera mucho placer con sus compañeros, sólo a veces, pero fingía y según Alain lo hacía de maravilla; éste era feliz de tenerla trabajando para él.

Sus fotografías se vendían con suma facilidad. Pegaba bien Odette en la cartulina. Era fotogénica, tenía una distinción especial y por otra parte era muy, pero que muy femenina, lo que hacía de las fotografías casi obra de «arte» porno.

Había aprendido a querer a los chicos, como les llamaban todos los que vivían en aquel mundillo. Eran nobles con ella, no le cobraban nada por la alcoba y si les pedía un consejo los dos se quitaban la palabra de la boca para dárselo.

Las horas de trabajo eran o bien a media mañana, o ya al anochecer.

Odette había hecho buenos amigos entre aquella gente, pero no tenía uno más entrañable que otro, salvo los chicos.

Cuando se iba Mich a vender sus esculturas porque ya iba faltando el dinero, Eddy se quedaba con ella y le contaba su vida. Odette ya se la sabía de memoria.

—He sido educado en un orfanato.

Lo decía casi todos los días.

—En el orfanato se reían de mí porque tenía modales afeminados.

—O sea —le dijo Odette un día que ambos estaban solos—, lo eres de nacimiento.

—Yo creo que sí, pero tampoco se lo fui a preguntar a ningún médico. Después probé, me gustó y además me topé con Mich, que es mi amigo verdadero.

—¿También Mich se crió en un orfanato?

—Oh, no. Procede de buena familia del sur. El padre era un machista. Al ver a su hijo así, cuando fue mayor de edad y vio que no lograba encenderle, y que rechazaba a todas las chicas que le presentaba, le dio una patada y le mandó a vivir su vida. Y Mich se vino aquí y rodó hasta que me conoció.

Regularmente andaba por la casa vestido de mujer. Era curiso ver a Eddy vistiendo faldas y blusas con sus sujetadores postizos, sus zapatos de tacón y con un delantal de flores haciendo la comida. Un día Odette le dijo:

—Eddy, el día menos pensado los pelos de tu peluca van al guisado.

Eddy echó el pelo hacia atrás con un donaire que para sí quisiera alguna fémina, y dijo riendo amigablemente:

—No temas, Odette. Soy muy limpio para hacer las cosas.

Cuando después de una semana de ausencia llegaba Mich era como si tuviera lugar un festín. Odette se enternecía de la intensidad de cariño que mostraban uno hacia el otro. Luego, por las noches, les oía, pero a eso ya estaba habituada.

Por aquellos días Odette pensaba que llevaba seis meses en el asunto y que tenía mucho dinero ahorrado. De buena gana se iría a vivir sola. Pero no sabía cómo decirles a los chicos que deseaba alquilar un apartamento por las cercanías de Montmartre y vivir a su aire.

Del amor artificial o superficial y las posesiones sin placeres ya estaba un poco harta y aunque entendía que era una buena forma de ganarse fácil el dinero, y pensaba seguir en ello, prefería tener un apartamento a su aire y gusto, sin sujeciones como las que tenía, incluso sin querer, con «los chicos», porque si tardaba en llegar se ponían nerviosos. Si llegaba antes de lo previsto se abalanzaban ansiosos hacia ella temiendo que le hubiera ocurrido alguna cosa desagradable.

No sabía cómo decirlo. Aquella tarde, ya avanzado el otoño, pero siendo aún día claro, Odette dejó el estudio de Alain y en vez de irse a casa fue por Montmartre dispuesta a ver pisos y poder encontrar, si era posible, un apartamento para habitar sola y a su aire.

Había mucha gente por aquella zona y montañas de cuadros apoyados en las paredes y gente comprando. Los pintores, desarrapados, miraban como distraídos a los clientes, decían precios, los clientes compraban o se alejaban sin responder.

Odette, esbelta y hermosísima, dio algunas vueltas en torno a unos cuadros que le parecían muy lindos. Sentado en el suelo y cubierta la cara con una visera había un hombre vestido desastrosamente. Botas de montaña de paño, pantalones deshilachados de mahón, sin calcetines, pues se le veían las piernas junto a las cañas cortas de las botas, y un suéter de fina lana de cuello alto.

Odette vio que era largo y flaco. Tenía los brazos cruzados sobre el pecho y la visera le protegía del sol. Pensó si estaría durmiendo y para cerciorarse, pues uno de aquellos cuadros le gustaba, preguntó:

—¿Qué vale la marina?

El hombre descruzó los brazos con calma y después se echó la visera hacia atrás. Odette quedó ante un rostro muy particular. Moreno de tez, el cabello rubio, unas pecas a ambos lados de la nariz y los ojos verdes más asombrosos del mundo por su intensa claridad.

—Doce francos —dijo él, levantándose con pereza, y para hacerlo sujetando las rodillas con las dos manos, como si hiciera palanca.

Odette le vio delante y se dijo que era menos alto de lo que parecía sentado y más fuerte, por supuesto, de lo que daba que pensar tirado contra la pared, junto a los cuadros que por lo visto eran suyos, pues todos tenían el mismo estilo.

—Eso es mucho dinero.

Él la miró de arriba abajo como si su mirada resbalara por la joven y los ojos la desnudasen.

—Tienes pinta de tener dinero.

—Una cosa es que lo tenga y otra que te lo dé a ti —dijo Odette, que a fuerza de vivir entre aquel ambiente ya no tenía un pelo de tímida.

—Si no lo quieres lo dejas —apuntó él alzándose de hombros—. Pero también es cierto que eres muy bella y tal vez nos arreglásemos con otros precios.

—¿Por ser bella?

—Puede merecer la pena.

Pensó tal vez que Odette se iría corriendo, pero la muchacha se quedó allí.

—¿Qué precio pones?

—Dos horas contigo.

—¿No es mucho?

—Tú verás si el cuadro te interesa tanto.

—Me interesa.

—Pues es tuyo a cambio de eso.

—¿Es que no hay mujeres para tus apetencias?

Él rió. Tenía una risa provocativa. Mostraba todos sus dientes y Odette excitada y maravillada vio que eran perfectísimos e iguales.

—Sí que las hay, pero tú estás cañón.

—¿Qué quiere decir eso?

—Que estás estupendamente. Eso se dice en España.

—¿Es que procedes de allí?

—No. Pero voy cuando mis emolumentos me lo permiten. Tan pronto estoy en España como en Portugal, como doy el salto y me voy a Brujas. ¿Conoces Brujas?

—No conozco más que Troyes y París.

—Entonces no conoces nada. Brujas es la ciudad más bella de Bélgica. Mira —y mostró un cuadro que tenía bajo otro—. Esto es una parte de Brujas con sus casas iguales llenas de yedras y sus canales. No me digas que no es sugerente.

—Sí, es precioso.

—Te lo regalo si vienes conmigo.

—¿Adónde?

—Vivo aquí cerca, en un bajo destartalado. Pero pago unos francos por él y tengo una cama...

—¿Y para qué quieres la cama?

—Para ti y para mí si te quieres llevar el cuadro.

—Lo pensaré.

Él, ni corto ni perezoso, se sentó de nuevo en el suelo, recostó la espalda contra la pared y echó la visera por la cara.

—Cuando lo decidas vuelve —dijo sin mostrar sus ojos que a Odette le parecían los más bellos del mundo.

Se alejó enojada. Estuvo viendo cuadros por toda la calle y vendedores pregonándolos. En cambio aquel de la visera ni se molestaba; y sólo tenía seis, mientras que los otros tenían docenas.

Odette, obsesiva, regresó después de recorrer toda la calle y oír un montón de piropos. El muchacho de la visera que no contaría más allá de los veintisiete años, estaba vendiendo la marina y recibía de un señor los doce francos.

Al verla a ella allí, dijo riendo:

—Te lo lleva este señor.

—Ya veo.

—¿Quieres el paisaje de Brujas?

—No. Quería la marina.

—Pues te doy mi palabra de que te hago otra a cambio de lo que te dije.

—¿Por qué tienes ese empeño?

Él se alzó de hombros.

—Es que me enciendes con tu belleza.

—Es la primera vez que alguien me lo dice.

—Pues no creo ser original.

E iba a sentarse. ¿Por qué no probar con aquel muchacho? Después de su labor diaria no tenía por qué poseer escrúpulos ni hacer uso de ellos si en realidad los desconocía.

—¿Cuándo me haces la marina? —preguntó.

—Un pintor nunca hace dos cuadros iguales por muy igual que sea el original; y si no es original, peor que peor; pero te prometo una marina mejor que la que se lleva ese tipo por doce francos.

—¿Cuándo me la entregas?

Él, parsimonioso, sacó una agenda del bolsillo y la consultó manteniendo la visera hacia la nuca.

—Dentro de una semana a partir de hoy.

—¿Y si lo pensara?

—Ah —se alzó de hombros—, eso es cosa tuya, pero si quieres saber cómo estoy yo, puedes mirarme.

Estaba excitado, era evidente.

—¿Por qué? —preguntó Odette asombrada—. Yo no te hice nada, ni te toqué.

—Gustas —dijo él cortante.

»Si no vienes conmigo —dijo rezongando—, es mejor que te largues. Anochece y yo voy a recoger todo esto.

Dicho lo cual empezó a amontonar los cinco cuadros que le quedaban. En aquel momento pasó una dama con su chófer al lado y dijo:

—Espere, joven, no recoja.

El pintor mostró de nuevo los óleos.

—Parecen buenos.

—Yo soy el autor —dijo sin vanidad—. Si le gustan... se los doy todos por cien francos.

—¿No es mucho?

—Apresúrese, porque voy a recoger.

—Yo creo que es mucho. ¿Qué dices tú, Donald?

El chófer uniformado hizo un gesto vago de indiferencia.

—Menos éste —dijo el pintor—. Me lo reservo.

—Eso es un paisaje de Brujas.

—Sí, señora.

Odette oía el diálogo sin parpadear.

—Carga con ellos, Donald —dijo al chófer y abrió el bolso sacando cien francos—. Tenga.

—Gracias, señora.

Y le entregó todos los cuadros, menos uno, al llamado Donald.

Chófer y señora se fueron hacia un lujoso automóvil aparcado pocos metros más abajo.

El pintor atusó la visera echándola un poco hacia la frente y comentó:

—Ésa es de las aprovechadas. Todos los días da vueltas por aquí. Sabe comprar. Sólo compra lo bueno. El día que nuestro nombre suene, esa tipa tendrá una fortuna.

Odette le miró con curiosidad.

—¿Piensas llegar a famoso?

—Sí —dijo seguro de sí mismo—. ¿Vienes? Te dejé el de Brujas. Te lo regalo.

—A cambio de que te acompañe.

Él miró hacia el cielo como si los ojos resbalaran por el firmamento.

—Si quieres. Si no quieres es mejor que te largues ahora mismo. No me he enfriado. Tú dirás...

Y sin más echó a andar. Odette, como sugestionada, se acercó a él y caminó a su lado.

—Me llamo Roland, pero todos los que me conocen un poco me llaman Rol; debe de ser porque el nombre entero les resulta largo.

—Yo me llamo Odette.

—¿Qué haces?

—¿Qué quieres decir?

—¿En qué trabajas, en qué te ocupas? ¿Eres rica, pobre, socialista, comunista o republicana?

—No entiendo de política.

—Más te vale —rió él—. No la entienden ni los políticos. No hay nada más sucio. Yo tampoco soy político. Me da igual que mande Judas o Satanás. Para los que como yo tienen que partirse el alma esperando, tanto da un partido que otro. A veces pienso que somos marginados de la sociedad como los homosexuales.

—¿Crees que los homosexuales son marginados?

—Ellos no son conscientes, pero de momento aún son marginados; pero yo no soy homosexual. A mí me gustan las mujeres. —Como seguía cargado con el cuadro en una mano, con la otra sujetó el codo de Odette—. Soy hombre de mujer diaria, pero desde hace dos días ando en abstinencia.

—¿Por qué?

—Pues porque nadie me encendió ni excitó hasta verte a ti hace cosa de una hora. Cosas que pasan. Yo voy con una mujer cuando me gusta y tengo ganas. No vale sólo tener ganas, también tiene que gustarme la mujer. Soy algo especial para esto.

—Y yo... por lo visto, te gusto.

La miró. Llevaba de nuevo la visera, echada hacia atrás. No era ningún dechado de limpieza. Su jersey tenía manchas de grasa, su pantalón remendado, sus botas de paño sucias y viejas... Pero Odette pensó que tenía algo, no sabía dónde, que atraía. Su fuerte musculatura. Su piel tostada contrastando con el pelo rubio. Sus ojos verdes como las hierbas de un prado... Sus manos expresivas, su boca de beso, gruesa y vigorosa...

—Creo que hace siglos —dijo bajo, de forma rara— que no vi una muchacha más hermosa que tú. No creas —añadía atravesando la calle y caminando hacia la parte izquierda por la acera sin soltarle el codo— que me basta la belleza física. Tengo que ver algo más en los ojos. ¿Sensibilidad? Pues sí. Yo soy un tipo sensible y si no te lo crees mira mis cuadros. Más que mis dedos, los hace mi sensibilidad. La tengo, y en una mujer no me gusta sólo la carne bella, bien colocada en su sitio, redondas caderas, rostros atrayentes, ojos preciosos... —Meneó la cabeza denegando—. No, por mil demonios, no me basta eso. Tú tienes algo más. Estoy seguro de ello.

—¿Qué otra cosa más que juventud, sexo y belleza puedo tener?

—No lo sé. Pero sin duda lo tienes. Ya te lo diré

cuando nos hayamos conocido mejor. ¿Dijiste que eras rica?

—No lo dije.

—Pues tu ropa es buena.

—Gano para vivir.

—Ya es algo. Yo de eso no me quejo, pero maldigo a todo el que compra mis cuadros, porque sé que un día alguno será colgado en museos y esos que compran ahora por un franco, se hincharán cuando yo sea famoso.

—Pero de paso también te hincharás tú.

—No lo dudo, pero me sacan de quicio los oportunistas.

—¿No has pensado en vender tus cuadros a un marchante, una sala de arte... algo así, menos laborioso que sentarte en la acera?

La miró como si se burlara de ella.

—Ésos son peor que los clientes de las aceras. No les daré la oportunidad de tener mis cuadros guardados para cuando yo sea famoso.

—¿Cuánto tiempo hace que andas en esto?

—Me fui de casa a los quince años, cuando mi padre pretendía que yo fuera médico como él. Le dije: tú a lo tuyo, yo a lo mío. Y los dejé a todos plantados. No sé si me siguieron o no. Lo que sé es que llevo demasiados años tirado por ahí y nadie me reclamó. En principio, mientras no cumplí la mayoría de edad, tuve cierto temor y reparo y andaba medio escondido, pillando apuntes aquí y allí, pero después de ser mayor de edad, los mandé a todos al diablo.

—Y tu familia, ¿qué?

—Mi madre se pasaba el día en la iglesia. Yo me pregunto aún hoy si sería la amante del cura. Mi padre supongo que se entendía con todas sus clientes y después se ponía a rezar el rosario con mi madre. A mí esas falsedades... —lanzó un taco gordísimo—. Que se vayan todos a ese sitio que huele mal.

—¿No está muy lejos tu alojamiento? —preguntó Odette pensando que cada vez se hacía más miserable el barrio y los chicos la estarían esperando impacientes.

—Vivo al dar la vuelta a la esquina.

Odette siguió caminando a su lado.

—Oye, ¿y no has vuelto a saber de tu familia?

—Por los periódicos. Siempre tuve la macabra obsesión de leer las esquelas. Un día leí la de mi padre y yo, que nunca rezo, le recé un padrenuestro. Más tarde, tal vez dos años, después, leí la de mi madre y pensé que el cura le rezaría bastante, si vivía, y si no vivía ya estarían juntos en el otro mundo. De mis hermanos no sé nada.

—¡Ah, pero tenías hermanos!

—Seis. Todos empingorotados y casados con chicas de postín. No me mires así, no soy rico ni jamás se me ocurrió ir a Epinal a reclamar la herencia. Allá se la coman y la digieran...

—Pero tú te estás matando por doce francos, y tal vez en Epinal tengas una herencia.

La miró riendo. Tenía una risa grata. Casi inefable.

—Que se la coman, te digo. Yo vivo mi vida y jamás tuve ganas de cambiarla. Estoy seguro de que se han olvidado que tienen un hermano.

Sin esperar a que ella respondiera, añadió señalando una puerta:

—Vivo ahí.

—Eso es un almacén.

—Que se cierra con llave cuando yo estoy dentro. —Metió la mano en el bolsillo del pantalón y sacó una llave—. Es ésta.

—¿Es tuyo ese almacén?

—No. Me lo alquilaron por unos francos al mes. Mientras tenga dinero para pagarlo no me lo quitarán. El día que no pague me dan una patada y adiós muy buenas.

Odette estaba maravillada de encontrar en su camino un tipo así, tan campanudo, tan sincero y tan desprendido.

—¿Estás solo?

—Hoy estoy contigo y cualquier otro día con otra. Según. Unas me gustan en principio y me dejan de gustar después. Otras me gustan siempre, pero no las vuelvo a encontrar.

La empujaba después de abrir la puerta.

Odette quedó con la boca abierta. El piso era de tierra. No era un almacén grande y lo único vistoso eran montones de cuadros por las paredes, colgados de un clavo y un simple cordel, un cajón de madera lleno de lienzos en blanco, pinceles y acuarelas, óleos y demás utensilios de pintar. Había también sobre aquel ancho cajón paletas de pintor con los óleos, algunos húmedos y otros secos ya, aceite y disolventes.

De un gran clavo colgaba ropa. Pantalones de varios colores, pero todos deshilachados y sucios, chaquetas y suéteres de lana.

Sobre algo que algún día fue una silla, había una pelliza y varias cajetillas de tabaco negro y cajas de fósforos. En un caldero con agua, adosado a una esquina, había montones de colillas y aquel recinto olía más a tabaco viejo que a pinturas frescas.

Allá abajo, pegado a una esquina de la pared, había un jergón con un colchón de espuma y una

funda llena de manchas amarillentas y ropas de cama sucias.

Una tenue bombilla, cuyo botón había apretado Rol al entrar, colgada del techo, tenía telarañas, polvo y la luz era mortecina, de modo que apenas si iluminaba el recinto.

Odette tuvo ganas de echar a correr. Pero al mirar a Roland y verlo tan vigoroso, nervudo, masculino y fuerte, pese a su aparente delgadez, se quedó como clavada en el suelo.

—Éste es mi hogar —explicaba él dejando el cuadro de Brujas apoyado en la pared—. Cuando me largo, y lo hago cada dos por tres, pago por adelantado el alquiler y nadie entra aquí.

—¿Tienes todos esos cuadros para vender? —preguntó ella.

—Todos. Pero a algunos les tengo demasiado cariño y reconozco que son muy buenos, de modo que ésos no los vendo.

—Y si te encuentras sin dinero...

—Pues me aguanto.

—¿Sueles pedírselo a tus amigas?

—¿Qué dices? —y la miraba con el ceño fruncido.

—Como me preguntabas si era rica...

—Por simple curiosidad —farfulló—. No me gustan las ricas. Son sádicas, antojadizas y prefieren hombres blandengues —y sin transición—: ¿Te desvistes o prefieres que lo haga yo?

—Pues...

—¿No has venido a eso?

—Yo...

—Si no quieres te largas ahora mismo —dijo Rol, enojado—. A mí me gustas mucho. Muchísimo. Tienes ese no sé qué que busco en las mujeres.

—¿Qué es?

—¿Lo que busco?

—Sí.

—No lo sé. Nunca lo supe con exactitud. Nunca lo he encontrado.

—¿Y si después de poseerme tampoco lo encuentras en mí?

—Te vas y adiós, hasta nunca.

—¿Despides así a tus amigas que vienen voluntarias?

—Sí. No me ando con chiquitas. Y si me gustan demasiado y no quiero que me gusten, me largo.

—¿Huyes como un cobarde?

Rol la miró cegador. Se acercó a ella y le quitó la chaqueta de gruesa lana blanca que ella vestía sobre un modelo muy bonito de color azul. Le tocó los senos y se los demarcó como si los estuviese sopesando.

—Son estupendos. Eres muy joven, ¿verdad?

—No he cumplido los diecinueve.

—Vale.

Y sin decir nada más procedió a desvestirla.

—Tienes unas formas divinas —ponderó—. Si por dentro eres como por fuera, puedes ser una maravilla.

—Yo me desvisto. Deja.

—¿Y por qué tú? A mí me gusta hacerlo.

Dicho y hecho: con sumo cuidado y cautela que maravilló a Odette, pues no estaba habituada a aquel trato, la despojó del vestido dejándole la ropa interior.

Se separó un poco para mirarla. Entornó los párpados. Después ponderó con voz ronca:

—Sin duda eres la mujer más bella y perfecta que he conocido. Veamos cómo eres ahora por dentro.

—¿Por dentro? —susurró Odette estremecida.

Él le acarició el pecho y empezó a quitarse su propia ropa. Era nervudo, la apretó contra su cuerpo. La sintió estremecerse y dijo buscándole la boca:

—Me parece que me vas a gustar demasiado. Y eso tampoco me agrada.

La empujaba pegada a su cuerpo. La tendió en la cama y se colocó a su lado.

—Odette, ¿estás casada? —preguntó de súbito—. No me gustan los líos con marido.

—Soy soltera y sin compromiso.

—¡Ah!

Y empezó a acariciarla con suma lentitud. No se apresuraba ni para besarla. La besaba despacio, todo el cuerpo. Desde los pezones, que se ponían erectos, hasta los muslos. La besaba en la boca con un cuidado que causaba una extraña sensación en la joven, de modo que, bajo los dedos que cuidadosamente la acariciaban, se agitaba cual si el cuerpo se le rompiera en pedazos, y él con aquel cuidado extremado se lo volviera a unir y componer.

Él se levantó del lecho, deslizándose sin prisa, y Odette sintió sus labios con una delicadeza rayana ya en la morbosidad. Se incorporaba un poco y se enredaba en ella. Y todo tan cuidadosa y delicadamente que Odette estaba como saltando junto a él. Jamás, jamás, en ningún momento de su vida, sintió Odette tanta excitación, suspiraba, gemía y se convulsionaba de tal manera que él reía entre dientes, susurraba frases entrecortadas y de vez en cuando decía con voz algo ronca, pero muy baja:

—A ti no te han manejado nunca.

Cierto. Así, jamás. Tan loca se estaba poniendo que en un momento, sin saber casi lo que hacía, se puso encima de él y quedó convulsa, apretada en los brazos masculinos que al parecer no terminaban de poseerla, considerando sin duda que no estaba preparada para el acto sexual.

En seis meses de vida, Odette había aprendido lo suyo. Nada le asustaba ni mucho la enternecía, salvo el cariño que se profesaban mutuamente «los chicos». Jamás sintió un placer pleno de pasión, pero había visto demasiadas cosas entre los colaboradores de Alain y consideraba que la posesión era aquello que veía y sentía en casa del retratista porno.

Sin embargo al retorcerse de excitación sobre el ancho, moreno y vigoroso cuerpo del pintor, pensaba que jamás había vivido cosa igual, ni visto nada parecido ni había sentido excitación mayor.

Tanto es así que estaba como enloquecida y mientras Rol parecía seguir tratándola con suma habilidad, ella le rogaba a media voz, como si fuera a desfallecer en cualquier instante:

—Anda, anda. No puedo más.

Rol rió. Con los dos brazos la tenía apretada contra sí y cuidadoso la hizo girar y se puso encima de ella sin apresurarse, pero sin duda dominando una súbita y extraña excitación. Entró en ella con cuidado y empezó a decirle frases.

—Por favor —gemía Odette.

Ni con ésas se movía Rol.

—Te quiero hacer gozar —susurraba.

—Pero si no puedo más.

—Vale, pues vamos a ello ahora. Sin apresuramiento, ¿eh? El apresuramiento no hace más que entorpecer las cosas. Con calma, seguros ambos de la pasión que sentimos y el deseo que nos acucia. Verás lo que es bueno.

Empezó a moverse. Lo hacía firme y seguro. Odette pensó que iba a perder el sentido. Le estallaban las sienes, su boca se abría y sus ojos se velaban casi como si fueran a saltársele las lágrimas.

Rol no perdió el control ni un solo instante y eso que la chica parecía tener lo que él buscaba: era sensible, se estremecía de modo que producía mayor ansiedad y satisfacción.

—Ahora, pequeña —le dijo él en un momento dado.

Odette empezó a agitarse y de súbito quedó excitadísima, convulsionada; Rol dio unas suaves sacudidas sobre ella. Fue larga aquella convulsión de ambos al unísono; después, suspirantes, ambos quedaron lasos uno sobre otro. Rol respiraba agitadamente y Odette permanecía inmóvil, con el peso del cuerpo de Rol aún sobre ella.

Sus dedos se alzaron y acariciaron el cuello masculino; nerviosos y excitados aún se perdieron separando el cabello rubio de Rol. Una y otra vez, una y otra vez. Él cayó hacia un lado, pero no se separó del todo y la miró a los ojos; después sus dedos le acariciaron la piel con suma delicadeza.

—Odette, eres una muchacha estupenda. Una apasionada; y se me antoja que no has conocido jamás la intensidad de un hombre de verdad.

Odette se fijó maravillada en aquellos verdes ojos que no parpadeaban y la miraban con los párpados algo entornados, como recreándose más y más en su belleza.

—Tú el primero, Rol.

—Pero has ido antes con otros.

—Sí.

—Que no te han dejado una sola huella.

—Eso es cierto.

La besó en la boca. La retuvo así unos minutos. Después saltó del lecho, se limpió y se fue hacia el fondo del almacén donde tenía como una especie de ducha. Odette desde el lecho, con las dos manos bajo la mejilla, estuvo mirando cómo Rol abría la ducha y de la especie de cazoleta bajaba un chorro de agua a presión, bajo el cual se duchaba, enjabonándose y cayendo el agua sobre él, haciendo resbalar el jabón hasta sus pies.

Sin moverse le vio salir del agua e ir, descalzo y desnudo, chorreando, hacia un clavo en el cual había colgada una toalla.

Se frotó vigorosamente.

—Ahora te toca a ti, Odette. ¿O no quieres? Está fría, pero consuela.

Odette obedeció mudamente.

—Toma —gritó él tirándole un gorro de goma—. Tápate el pelo. Sería doloroso que esa mata de pelo sedoso se mojara.

Ella aceptó el gorro y se lo puso. Empezó a enjabonarse. Al rato, los dos, silenciosos, procedían a vestirse. Cuando Rol acabó, dijo:

—Si quieres una taza de café, te lo sirvo ahora mismo. Lo tengo metido en un termo. Por las mañanas voy a la cafetería y me compro café para todo el día. ¿Quieres?

—Bueno.

—¿Te has sentido feliz a mi lado?

Ella le miró anhelante.

—¿Puedo volver?

—Claro. Ven todos los días. No siempre estoy aquí, pero si no estoy ya te dejaré escrito con tiza en el espejo dónde andaré y a la hora que volveré.

—Rol...

Aquél le servía el café en una taza de color rojo con asa de cristal.

—¿Qué? —Y le alargaba la taza—. Tómatelo. Te vendrá bien.

—¿Tengo eso que buscas en las mujeres?

La miró cuidadoso. Se diría que sus ojos al resbalar por ella ya vestida la sopesaban.

—Puede que lo tengas, Odette —dijo.

Y no fue más explícito porque se llevaba la taza de café, que había servido, a los labios. Bebió un sorbo.

—Tú sí tienes algo que no supe que necesitaba hasta conocerte.

—¡Mira qué bien!

—¿Te burlas de mí?

Rol no parecía burlarse de nadie. Pero tampoco deseaba convencer a Odette de nada. Él era ave de paso. Tan pronto se hallaba allí como al otro lado del mundo. Podía ocurrir quc Odette durante un tiempo le gustase mucho y que un día, de repente, dejara de gustarle. No quería adelantar acontecimientos. Ni hacer un seguro de vida de un encuentro y entrega casual.

—¿No quieres saber a qué me dedico, Rol?

Él la miró despacio, con expresión apacible.

—Si eres prostituta, no vuelvas por aquí. Me sacan de quicio las mujeres que se ganan la vida comprando y vendiendo el amor. No me digas que en alguna parte de París te espera un chulo para pedirte el cuadro o los francos que yo pueda darte. Eso no lo soporto. No pago jamás el amor. O doy placer por placer o no doy nada.

—No soy prostituta.

—Bueno, pues si no lo eres no hay problema.

—Poso para fotografías porno.

—¡Vaya, hombre!

—¿Te parece mal?

—Ni mal ni bien. Tú posas para ganarte la vida, yo pinto para ganármela. Todo lo demás es pura basura. Hay más cosas que no soporto. Por ejemplo, cuando una mujer ama a un hombre y le engaña con otro. Lo que haya hecho antes en su vida me tiene sin cuidado. Cuando yo decido tener una mujer para mí, absolutamente para mí, lo que pretendo es que lo sea todo, marcharme tranquilo a donde sea y saber que ella me está esperando.

—Rol, yo presiento que tú para mí vas a ser único.

—No lo creas. Hay miles de hombres como yo, y tal vez al salir de aquí encuentres otro mejor.

—Oh, ¿qué hora es?

Rol miró su reloj de pulsera. Volvía a ser el tipo desarrapado de antes. Limpio de cuerpo y piel, pero con sus ropas viejas y desastrosas y sus botas de paño, de montaña, y sin calcetines, sus pelos rubios aún mojados y su boca sonriente con sarcasmo.

—¿Quién te espera?

—«Los chicos» —dijo ella.

—¿Cómo? ¿Quieres decir que tienes hijos?

La joven no pudo por menos de soltar la risa.

—No, no.

Y en dos palabras le refirió cómo encontró a los chicos, lo que los chicos eran y lo que significaban para ella y ella para ellos.

—Son dos infelices. Pero ahora yo tengo medios para vivir por mí misma y no sé cómo decirles que deseo emanciparme.

—Te será fácil —dijo Rol riendo—. Se lo planteas sin ambages cuando tengas ya tu apartamento elegido. Ah, cuando lo hayas logrado, dame la dirección. Me gustaría ir a verte de vez en cuando.

—¿No puedo venir yo aquí?

—Claro. Cuando gustes. Pero ya te he dicho que no siempre estaré.

—Te esperaré.

Se acercaba a él gentil y bonita, sensitiva y como algo menguada por la dura y exaltada personalidad de Rol.

—Rol, voy a soñar contigo toda la noche.

Rol pensó que quizá a él le ocurriese igual. Pero de todos modos prefería que no fuera así. Él deseaba que aquello no dejara de ser una experiencia más. Una aventura más grata que las otras, pero aventura al fin y al cabo.

—Son las once, Odette. ¿No me preguntabas la hora?

—¿Es que no quieres que piense en ti toda la noche? —preguntó ella poniendo expresión desolada.

Rol le acarició la cara y le buscó la boca. Así estuvieron un rato. Pero Rol la separó y dijo con cierta brusquedad:

—Lárgate, Odette. De lo contrario, aunque reviente, te llevo de nuevo al lecho.

Y la empujaba blandamente. Odette salió de allí casi corriendo porque era muy tarde y temía que los chicos estuvieran impacientes.

Claro que lo estaban. Los dos, silenciosos, mirándose anhelantes y casi llorando. Al verla, saltaron ambos y respiraron aliviados.

—¿Dónde has estado? ¡Qué susto nos das!

Les dijo unas cuantas mentiras y decidió a solas consigo misma que al día siguiente volvería. No volvió tan sólo al día siguiente. Volvió durante más de un mes.

Hacía el trabajo con Alain distraída y cada vez que un hombre la poseía para las fotografías le daban ganas de vomitar y se vestía con rapidez, marchándose sin pronunciar palabra.

Tanto es así que un día Alain le dijo:

—Tú has cambiado.

Por supuesto. Tenía un amor. Un hombre de verdad que cada día era para ella una sorpresa, porque le daba mayor placer y de distintas maneras. No es que ella fuese conociendo a Rol más de lo que le conoció la primera vez. Era evasivo, nunca se sabía a ciencia cierta qué pensaba, ni cuándo desaparecería. Y a veces le esperaba en el almacén, del cual le había dado una llave, más de seis horas.

—Odette, ¿tienes algún lío por ahí?

No quería hablar de aquello. Por eso mintió a Alain.

—No.

—Entonces, ¿qué te pasa? Cuando posas, tal parece que te lleven al matadero.

—La profesión me va cansando.

—Estoy vendiendo tus fotografías como rosquillas. Mientras vendo una docena de las otras chicas, me piden seis docenas de las tuyas. ¿Sabes lo que eso supone?

—Creo que sí.

—Un día cualquiera viene por ahí un productor de cine y te lleva. Por eso debiéramos apurar más el trabajo. Ya ves cómo te he subido el sueldo y encima te doy un porcentaje en las ventas.

—Lo sé todo, Alain.

—¿Y entonces por qué posas con tan poca alegría?

Rol. Estaba obsesionada. Era un hombre psicológicamente difícil y sólo para poseerla era claro, cuidadoso y apasionante.

¡Oh, sí, tremendamente apasionante! Pero no había variado en nada. Sus pantalones deshilachados, sus botas de tela, sus suéteres llenos de grasa, su visera, sus cuadros.

A veces llegaba al almacén a media tarde y lo veía ante el caballete dando pinceladas y no la miraba apenas. Sólo le decía:

—Ponte cómoda donde puedas, Odette. —Y ese día ni siquiera la poseía.

—Yo que tú —le decía Alain deteniendo los pensamientos de la joven—, dejaba de vivir con los chicos. Ganas lo suficiente para independizarte.

Eso ya lo tenía ella dispuesto. Es más, hasta había alquilado el apartamento amueblado en aquel mismo barrio, pero no se lo había dicho a los chicos aún. De todos modos pensaba que un día cualquiera lo diría y los chicos tendrían que aceptar los hechos consumados.

Rol sí sabía que tenía el apartamento, pero nunca había ido a verla allí. No obstante, tenía la dirección, y más de una vez, en sus elucubraciones amorosas, ella le decía al oído:

—Me gusta mi apartamento. ¿Cuándo vas?

—Ya iré.

Se limitaba a decir eso.

Aquella noche, después de convencer a Alain de que no le ocurría nada, ni siquiera fue por casa de los chicos. Mich no estaba porque había salido por provincias a vender sus esculturas y Eddy andaba buscando personal para Alain, de modo que se fue al almacén directamente. Oscurecía y supuso que Rol ya estaría en el almacén. Así que empujó la puerta y como aquélla cedió, entró y buscó con los ojos la figura de su amante.

El caballete era alto y grande y Rol, que no era nada pequeño, se hallaba ante él embutido su tórax desnudo en un blusón pardo holgado, lleno de manchas, la paleta en la mano, manejando los pinceles.

—¿Qué estás haciendo? —dijo ella entrando.

Rol no volvió los ojos.

—Desnúdate y ponte ahí —dijo.

—Ahí, ¿dónde?

—Delante de mí. Te voy a pintar; como sé tu cuerpo de memoria estoy esbozándote. Hazme el favor, querida, de quitarte toda la ropa y cuando estés lista iré yo a ponerte en la postura que deseo. Te daré una pincelada en la cara para que nadie te relacione, pero tu cuerpo será mi gran obra maestra.

—¿Ni siquiera me das un beso?

—Eso después —se impacientó Rol—. Ahora haz lo que te digo si es que eres buenecita.

Automáticamente Odette lo hizo y cuando ya estuvo le chistó:

—¿Qué hago ahora?

Rol, como enardecido, soltó paleta y pinceles, avanzó resueltamente y la asió por la cabeza.

—Rol, que me la arrancas.

—Tú estate tranquila. Eso es. Respira hondo... No te muevas de como yo te pongo... La postura es incómoda, pero no debes moverte.

Así estuvo más de una semana.

Durante ella no la poseyó ni una sola vez, hallándose en una total inspiración y olvidándose de sus placeres. Tanto es así que un día ella quejumbrosa le dijo:

—Rol, ¿te has olvidado de que soy mujer y tú eres hombre?

Él la miró impaciente.

—No, no, Odette. Pero tengo que terminar esto. Van a exponer unos cuantos pintores y me dan opción a presentar un cuadro. No puedo perder esa oportunidad.

—¿Me dejas verlo?

—No. No he terminado. Tú estate quieta.

—Es que aquí hace mucho frío.

—Encenderé una estufa.

Lo hizo y volvió enardecido a su trabajo.

Un día, cuando ella llegó, Rol no se hallaba en el almacén. Ni tampoco se hallaba el cuadro. En el espejo había escritas unas pocas líneas:

«Volveré muy tarde. Si quieres esperas, y si no te marchas».

Ella borró aquellas palabras y escribió otras:

«Si quieres me buscas en mi apartamento. Estaré allí toda la noche».

Ni firmaba. Se fue a su apartamento loca de dolor. Amaba a Rol.

Era inútil escapar a aquella realidad. Cierto que Rol era completo para el amor y que ella era inmensamente feliz a su lado, pero entendía que aún no conocía su personalidad. Sin duda no quería imposiciones ni rutinas y podía ocurrir que ya se aburriese de ella, lo cual producía en su ser un desequilibrio total.

Al llegar a su apartamento llamó a Eddy por teléfono.

—Eddy, no voy a ir hoy a dormir.

Eddy dio un gritito gutural.

—¿Un hombre?

—Algo así...

—Ten cuidado, ¿eh? Mucho cuidado... Ya sabes que los hay ladinos. No tomes drogas ni cosas dudosas.

—Sí, Eddy.

—Cuídate.

—¿No ha vuelto Mich?

—Ahora me iba a la estación a esperarlo.

—Entonces que seas feliz en tu nueva luna de miel, Eddy.

—Gracias, querida mía.

Colgó y se tendió en un diván con las manos bajo la nuca.

Como tenía ropas y enseres personales en el apartamento, y sólo le faltaba instalarse en él definitivamente, y si no lo había hecho era por los chicos, al rato de estar descansando se tiró al suelo y fue a su cuarto.

El apartamento era pequeño. Dos alcobas, un salón bastante grande, una cocina y un baño. Todo muy recogido y muy coquetón.

Se perdió en su alcoba y procedió a desvestirse. Necesitaba una ducha.

¿Qué había hecho Rol con su cuadro aún fresco?

Bajo la ducha sacudió la cabeza, cuyo cabello estaba protegido. Después se puso una bata encima y con chinelas se dirigió de nuevo al salón.

No tenía apetito, por lo que no se metió siquiera en la cocina.

Estaba sola.

¡Cuánto había cambiado su vida en aquellos meses!

¿Quién iba a decírselo, cuando la violaron aquellos dos jóvenes en una oscura plaza de Troyes?

Se alzó de hombros. Aquello quedaba lejos y lejos sentía también las veladas en casa de Alain.

Sólo había en su mente un hombre, una figura y un placer inenarrable.

«¿Estaré enamorada?», se preguntó.

Lo estaba. Alain le había dicho: «El día que te enamores, estás perdida».

Pero seguramente Alain se refería a enamorarse de compañeros de trabajo. Además se refiriera a lo que se refiriese, era lo mismo porque ella no buscó el enamorarse, se enamoró y nada más.

Se tendió de nuevo en el diván y estuvo allí mucho tiempo.

No supo nunca cuánto hasta que oyó un prolongado timbrazo.

Se tiró al suelo como si le ardieran los pies y toda su carne.

Echó a correr hacia la puerta.

Sólo podía ser Rol porque nadie más que él conocía aquel escondrijo.

—¿Rol?

—Sí —dijo la voz ronca del interpelado.

Ella abrió y se quedó mirándolo.

Rol vestía un pantalón normal, calzaba zapatos y una camisa de finos cuadritos bajo un suéter de cuello en pico.

Nunca lo había visto vestido así y parecía más fuerte y más poderoso.

—Rol —exclamó—, ¿de dónde sales vestido como un señor?

Él sacudió la cabeza y cerrando la puerta con el pie, le asió la cara entre las manos y la besó en la boca en aquel hacer suyo enervante y turbador.

La retuvo así un rato.

Después le soltó la cara, pero no la soltó a ella porque, cuidadoso, le deslizó la mano por el seno y le susurró al oído:

—Hoy sí tengo ganas de estar contigo, Odette.

—Oh...

La despojó de la bata.

—Mira cómo estoy, sólo de pensar que venía a verte.

La levantó en brazos y la llevó hacia el fondo de la alcoba.

La tendió en el lecho y empezó a besarla. Odette cerró los ojos.

Rol dijo excitado:

—Me desvisto en un segundo.

Así lo hizo. Al rato estaba tendido junto a ella

acariciándole con aquel cuidado que era el goce más intenso que podía sentir Odette.

Ella le aferró el cuello con sus brazos, susurrándole en la boca:

—Te amo, Rol.

—Calla, calla.

—Es la verdad. Te amo.

—Bueno.

—¿Y tú...?

—Te estoy poseyendo y es el mayor placer que he sentido en mi vida.

—¿De dónde vienes así?

—¿Cómo me preguntas eso ahora? Pero si quieres te lo digo. Vengo de la sala de arte donde dejé colgado tu desnudo.

—Sin verlo yo.

—¿No basta que te vea yo?

Y entró con sumo cuidado, quedándose quieto sobre el cuerpo femenino.

—No me dejes así, Rol...

—No...

Y empezó a moverse calante y hondo, de forma que ella se pegó a él, agitada y medio enloquecida.

Rol le decía en el oído:

—Apasionada mía. Mi querida y loca y bonita apasionada...

IV

Fue una semana después cuando decidió decírselo a los chicos.

Había ido al almacén de Rol y no lo había encontrado. No había tampoco nada escrito en el espejo y faltaba el maletín con los óleos y demás utensilios.

Recorrió toda la calle de Montmartre buscándolo y no lo halló. Preguntó por él, pero por lo visto nadie lo conocía, salvo por sentarse en el suelo y apoyar la espalda en la pared y tapar la cara con la visera. Pero a todas las personas que preguntó por Rol, nadie supo darle razón. Y cuando fue más explícita y señaló el lugar donde Rol se sentaba, unos pocos le dijeron:

—No vino en toda la semana.

Dejó escrito en el espejo que estaría en su apartamento a las siete de la tarde.

Así que a las cinco, hallándose con los chicos

en el apartamento de ellos, se decidió a abordar el asunto.

Hacía días que vivía más en el apartamento que con ellos, pero de todos modos no era cosa de estar engañándoles el resto de su vida. Y ella los apreciaba para mentirles tan reiterada y prolongadamente.

Había que organizarse y lo mejor era sincerarse.

Suponía que los chicos pensaban que tenía un amigo con el cual pasaba buenas horas de sus días, pero discretos como eran, jamás hacían preguntas que pudieran molestarla. Para ellos, la joven era como su mascota, o como una hija, o como esa amiga del alma a quien se aprecia de veras.

—Mich, Eddy —empezó diciendo—, yo creo que aquí, los dos, sois muy felices.

Los dos se miraron interrogantes.

—¿Es que lo has dudado, Odette? —preguntó Eddy—. Lo somos intensamente. Los dos ganamos dinero honradamente, lo juntamos y vivimos. Pero tú formas parte de nuestra vida.

—Sin embargo, no tengo ningún derecho a extorsionaros.

—Oh —exclamó Mich asombrado con cara de niño grande *pepona*—, si no nos extorsionas en absoluto. Muy al contrario, tu vida junto a nosotros nos produce una inmensa alegría. Antes, Eddy y yo discutíamos algo por tener puntos de vista diferentes en algunas cosas. Pero desde que tú estás aquí, siempre estamos de acuerdo.

—No obstante, yo gano dinero. Tengo suficiente para vivir algún tiempo sin dar golpe. No, no me miréis con ese asombro. No pienso dejar el trabajo que me ofrece Alain. Me paga bien y no me obliga a mucho. Es más, desde hace cosa de una semana que le hablé de ciertos escrúpulos, poso haciendo el simulacro del acto sexual; pero realmente hace una semana que Alain está intentando hacer las fotografías así, simulando lo que no hacemos. Parece ser que da buen resultado y que todos los que trabajan para él, según dice Alain, tenemos talento de artistas porque aparentamos sentir lo que no sentimos. ¿Entendéis?

—Eso lo hace contigo —dijo Eddy— porque eres tú y vende muy bien tus fotografías, y tú sí tienes talento. Pero con las chicas que yo le contrato no hace lo mismo y las obliga a hacer las cosas y demostrar que las sienten para dar más verismo a las fotografías.

—No me importa lo que haga con las demás —dijo Odette deseando llegar al objetivo que pretendía—, pero lo cierto es que conmigo lo hace y no pienso dejar el trabajo, ya que para mí es más liviano ahora.

—Odette, ¿por qué así?

—¿Así qué? —preguntó ella, sin responder.

—Que te abstengas cuando nunca has puesto reparo en ello. Eso significa dos cosas: o que te vas cansando de ese trabajo, o que estás enamorada de un hombre que nada tiene que ver con el estudio de Alain.

No quiso hablarles aún de Rol. ¿Qué conocía ella de Rol? Sí, que era su amante, que estaba loca por él, que era el hombre más cuidadoso sexual y apasionante para su vida íntima. Pero de la personalidad de Rol casi todo era inconcreto. Nunca hablaba demasiado de sí mismo, salvo lo que le dijo el primer día, que era un pintor vocacional, que tenía expuesta una obra en una exposición colectiva de noveles, y poco más.

Posiblemente, además, Rol pasaría por su vida como una sombra. No por ella, por Rol mismo. La primera vez que lo vio y se conocieron, Rol le había dicho que cuando se cansaba de una mujer la dejaba sin más explicaciones, o cuando le gustaba demasiado le huía porque él amaba su libertad.

Podía haber ocurrido una de ambas cosas, y para ella las dos eran dolorosas. No iba a serle fácil olvidar a Rol. Había vivido mucho en poco tiempo y había sido de montones de hombres en el estudio de Al. Pero en la realidad, en la mayor intimidad de su vida, en su existencia sexual y amorosa, sólo había habido un hombre, al cual podía serle eternamente fiel sólo con que él se lo pidiera.

Pero Rol sabía dónde trabajaba, qué hacía, y jamás le había pedido que dejara de hacerlo.

—Hablaba de mi dinero —dijo soslayando la pregunta, que discretamente ellos no repitieron—. Tengo edad y conocimientos y vivencias suficientes para emanciparme —soltó de una sola vez.

Los chicos se miraron consternados.

—¿Quieres decir que pretendes dejarnos?

—Quiero decir que me gustaría vivir a mi aire.

—Odette, ¿tan pesados te resultamos?

—No es eso, Eddy. En modo alguno. Nunca he tenido hermanos, pero de haberlos tenido no los habría querido más que a vosotros. Cuando os encontré me sentía desolada, deprimida, traumatizada, destrozada. Había sido violada por dos gamberros. Y cuando me topé con Mich en el tren, nunca pensé que pudiera darme albergue, ayuda, trabajo y compañía. No, nunca podré olvidarme de vosotros esté donde esté. Pero tengo necesidad de vivir sola.

—Oh...

—¡Ahhhh!

Y la miraron de nuevo, desolados.

No fue fácil convencerlos. Pero una hora después, los dos estaban con ella en el apartamento, contemplando el nuevo hogar de su protegida y husmeando como si fueran dos críos con zapatos nuevos.

Mich bajó a comprar cosas a un supermercado próximo y Eddy se puso un delantal, mientras Odette colgaba sus ropas en los armarios y sus frasquitos de esencia y de cosmética en el tocador. Los dos le habían ayudado a cambiar sus cosas y los dos estaban allí dispuestos a comer con ella. Eddy en la cocina canturreando, dentro de su delantal de flores, preparaba un guiso de conejo y pescado al horno, en tanto Mich, diligente, ponía la mesa para tres.

Odette, en su cuarto, ponía todo en orden y temblaba pensando que de un momento a otro podía aparecer Rol y toparse con los dos individuos, y a la vez éstos conocer al fin la doble vida que ella se traía.

Pensó también que lo mejor era hablarles de Rol, de lo mucho que le amaba y le necesitaba y que estaba esperando por él.

Seguro que si decía eso, los dos se prestarían gustosos a esperar para conocer a Rol y dar el visto bueno al hombre que amaba su protegida.

Decidió, pues, que de momento no diría nada y si llegaba Rol los presentaría; y como ya le había hablado de ellos, estaba por asegurar que Rol, dentro de su natural corrección, aceptaría su amistad o, por lo menos, les saludaría atento.

También podía ocurrir que él no llegase.

Cuando salió de su cuarto dejando todo en su sitio debidamente ordenado, ya Mich sacaba vino, cerveza y fruta, y Eddy gritaba desde la cocina:

—Esto está de rechupete. ¿Lista la mesa, Mich?

Había sido todo más fácil de lo que esperaba; pero es que los chicos no querían contrariarla en nada y si había demostrado que deseaba vivir sola, no le entorpecían la marcha.

Comieron juntos los tres. Mich y Eddy muy contentos, contemplando en torno el bonito apartamento de la que consideraban su pupila, mientras Odette sentía pasar las horas con lentitud y miraba obstinadamente hacia la puerta.

Tan callada y triste estaba, que Eddy comentó a los postres:

—Odette, parece que te han puesto en tu bonito semblante una máscara de cera. Ni ríes ni lloras, pero si me apuran mucho, diré que estás a punto de llorar.

Los ojos de la muchacha brillaron, si bien fue capaz de contener las lágrimas.

—¿Por qué dices eso? —preguntó, haciendo un gran esfuerzo para mantenerse serena.

—No estás alegre. ¿Te duele vivir sola?

—Si me doliera no habría alquilado este apartamento.

—Es una preciosidad —ponderó Mich—. Muy femenino y muy a tono con tu delicada personalidad. Pero de todos modos, digo como Eddy. No pareces alegre.

—Yo diría —puntualizó Eddy pensativo— que por el contrario, estás muy triste.

—¿Qué hora es? —preguntó Odette por toda respuesta.

—Las once.

—Oh.

—¿Qué pasa con la hora? ¿Es que vas a salir? ¿Tienes alguna cita que no nos has dicho?

Ella sintió la íntima e imperiosa necesidad de hablar de sí misma, de sus sentimientos, de Rol. De aquel amor que le tenía. De lo que había sufrido en la vida y de la forma que había encontrado a Rol y de cómo le necesitaba en su vida espiritual, sensual y afectiva.

—Tengo un amigo —espetó.

Ellos ya se lo presumían.

Se miraron entre sí, sonrientes.

—¿Te quiere?

—No lo sé. Lo que sí sé es que yo le quiero a él. Le quiero como jamás he querido a nadie. Por eso sería capaz de todo por él.

De nuevo ambos se miraron.

Eddy dijo a media voz:

—Yo temía eso, Odette. Es mejor ser amada que amar de esa manera, o se aman ambas partes, o es mejor que ame el hombre y la mujer se deje amar. Es la única forma de sufrir menos o no sufrir nada. Lo sentimos, Odette. Te lo advertimos. «No te enamores.» ¿Es alguno de los chicos que va por el estudio de Alain?

—Claro que no.

Y a renglón seguido refirió todo el episodio de su vida vivido con Rol, omitiendo tan sólo detalles de su intimidad con él; pero no sus actos sexuales.

Hubo un silencio que interrumpió Mich, contrariado.

—Ese tipo de hombres suelen ser aventureros y darle al sentimiento sólo una relativa importancia. Sentimos que las cosas sean así, Odette. Un pintor tiene la vida en la calle y en ciudades diferentes. ¿Dices que le esperas hoy?

—Fui a su almacén y no estaba. Pero también faltaban el maletín y las acuarelas, los óleos y el caballete pequeño que suele usar cuando se va a pintar por ahí. Hasta hoy siempre supe poco sobre dónde podía parar, pues me lo dejaba escrito en el espejo, pero hoy no había escrito nada.

—Vamos, Eddy —dijo Mich súbitamente, levantándose.

Eddy obedeció sin preguntar adónde iban.

Lo preguntó Odette.

—¿Adónde quieres llevar a Eddy, Mich? Si os estoy contando mis penas y os vais... ¿qué afecto es el vuestro?

—Vamos al almacén y a averiguar dónde anda tu amigo.

—Pero, Mich...

—Eddy, ¿vamos?

Fueron.

Ella, entretanto, angustiada, pero manteniéndose todo lo firme que podía y no podía demasiado. Recogió la mesa y limpió todos los cacharros. Y cuando Eddy y Mich regresaron, eran bien entradas las dos de la madrugada.

—Nosotros —entró Eddy diciendo— conocemos todos los rincones de este barrio de los cuales tú no tienes idea. Tenemos amigos en todas partes que conocen a todos los artistas que se pierden por esta parte de París.

—¿Y bien? —preguntó ansiosa Odette.

—Tu amigo Roland Laurent se ha ido de París.

Los dos se sentaron a la vez, mirándola con ansiedad, mientras ella sollozaba con la cara oculta entre las manos.

—Es mejor que te tranquilices, Odette. Los informes que tenemos del tal Rol, ya ves que hasta averiguamos su apellido, no son malos. Es un tipo antojadizo, aventurero que se pasa la vida viajando. Incluso es raro que haya aguantado aquí más de un mes, lo justo que hace que tú le conoces, ¿no?

Odette asintió.

—Aparece y desaparece cuando menos se espera, de modo que tú tendrás que esperar. Es mejor que vivas tu vida y te olvides lo que puedas de él. Ve pensando que tienes que tomarlo como un amante pasajero y que puedes o no aceptarlo cuando vuelva, pero no le pidas quietud ni estabilidad, porque Rol es hombre inquieto y no se detiene demasiado en un lugar determinado.

Mich intervino:

—Sabemos que tiene un cuadro expuesto. Un desnudo que está dando que decir... Es en una exposición colectiva de varios pintores noveles, y el cuadro que más gusta es ése. Incluso la crítica lo ponderó... Pero por lo visto, Rol no se detiene por eso. No le guardes rencor, Odette. Si él es así, no lo puede evitar, como nosotros no podemos evitar ser como somos. ¿Entiendes?

Tuvo que entenderlo, sobreponerse y seguir viviendo. De todos modos siguió en su tónica de no entregarse a hombre alguno en el estudio de Alain ni fuera de él.

Se pasaba la vida entre el apartamento de los chicos y el suyo. A veces salía con Eddy y con Mich y la llevaban por el París nocturno y se daban los tres el gusto de gastarse un buen puñado de francos en ver buenas obras de teatro, cines y visitar salas de fiestas.

Odette se daba cuenta de que lo que ellos pretendían era entretenerla. Por eso cada día los quería más. Se dio cuenta también de que en todas partes conocían a Eddy y a Mich, y de que eran apreciados.

Finalizaba el invierno, pero aún hacía frío, cuando una noche, hallándose Odette en su apartamento leyendo, sintió el timbre de la puerta y se levantó con pereza.

Estaba segura de que eran Eddy y Mich, pero aquel día no tenía deseo alguno de salir y prefería el silencio de su coquetón apartamento.

De todos modos se dirigió a la puerta para abrirles y recibirles con la gracia que pudiera, que no era mucha.

Cubría apenas sus desnudeces con una bata de felpa, pues se había bañado. Llevaba el rubio cabello suelto y no le hacía falta pintura para el rostro, pues su belleza era auténtica y tan real que casi producía escalofrío de ver una mujer, tan femenina, con aspecto tan delicado y sensitivo, dentro de una hermosura natural.

Abrió la puerta y se quedó envarada.

Silenciosa. Pero de súbito, lanzó un grito ahogado:

—¡Rol...!

Él rió.

Su risa abierta, de lado a lado mostrando las dos hileras de perfectos dientes. Vestía como casi siempre. Un pantalón de mahón deshilachado y las consabidas botas de paño, pero más nuevas, un suéter de cuello alto y una pelliza de cuero encima.

—Hola, Odette —saludó.

Y entró tranquilamente, mirándose ambos.

De repente, los dos fueron uno hacia otro y se fundieron en un abrazo. Rol le buscó la boca, que se abrió tentadoramente.

De pronto Rol la soltó y se quitó la zamarra. Después se acercó de nuevo a la joven, que temblaba y se estremecía enervada, y la abrazó mientras su mano libre se deslizaba por entre la bata y los senos, al tiempo que le susurraba en los labios, que insistentemente buscaban los suyos.

—Oh... ¿dónde has estado? —inquirió ella.

—¿Esas preguntas, ahora?

—¿No puedo preguntarte?

—Claro que no. Mira cómo estoy. Desde que llegué a París no pensé más que en verte, y sólo pensar de tenerte así, me excito. Ven...

Y la empujaba hacia el cuarto.

A Odette, pegada a él, se le había soltado el cordón de la bata y Rol quedó maravillado, con los ojos relucientes y acariciadores a la vez algo entornados los párpados como perezosos para recrearse más. La separó y la contempló arrobado:

—Qué cuerpo el tuyo, Odette querida. ¡Qué cuerpo!

Y lo apretaba contra el suyo.

La pegó a la pared y tras abrirse el pantalón, la enlazó con cuidado mientras inclinaba la cabeza y le buscaba los labios.

—Rol. ¡Oh, Rol! ¿Cómo has podido dejarme?

—Y te dejaré más veces, Odette. Yo soy así. Pero eso no quiere decir que cuando estoy a tu lado no sea el hombre más feliz del mundo.

—Estoy incómoda, Rol —gemía Odette con un hilo de voz suspirante.

—Después ya nos pondremos cómodos. Ahora déjame aquí. Así... así, Odette querida, apasionada mía. Así.

Y de pie como estaban, pegados los dos, ella contra la pared y él contra ella, se unieron.

Con los labios juntos y agitados ambos. Y cuando él se quedó desfallecido, Odette le susurró al oído:

—Te necesitaba. ¿Oyes? ¿Oyes? Te necesitaba.

Lo llevó de la mano al diván y lo empujó.

—Tiéndete en él, Rol. ¿Dónde has estado?

Rol se tendió y cerró los ojos.

Respiró honda y profundamente. Una mano jugaba con los cabellos de Odette y la otra caía a lo largo del cuerpo.

—Rol..., yo te quiero.

Él sonrió.

La cabeza de Odette cayó en su hombro y él alzó la mano y hundió los dedos en su cabello. Arrodillada en el suelo, aún desnuda, ella no sabía dónde besarle más fuerte, si en la mejilla, en los ojos o en la boca. Y cuando llegó a ella, se gozó en besarle, lo que lograba excitar de nuevo a Rol.

Pero Rol era un hombre muy controlado.

—Dame una copa, Odette. Necesitaba tu compañía y tu casa. Pero dame una copa. Un whisky, si tienes por ahí.

Odette se levantó diligente, buscó la bata, se la

puso y la ató, buscó las chinelas que con el trasiego se habían extraviado.

Después fue al mueble bar y sacó botellas y vasos.

—Iré a la cocina a buscar hielo, Rol.

—No —dijo él—. Lo prefiero solo y así, sin hielo.

Odette lo sirvió y, amorosamente, fue a llevarle el vaso manteniendo en la otra mano uno para ella. Se sentó en el suelo al lado del diván y le entregó la bebida.

—Rol, te estuve esperando todo este tiempo.

—Yo no te lo pedí —dijo él con ternura.

Era la primera vez que Odette sentía aquella dulzura en la voz de Rol.

Le miró con ansiedad y vio que él llevaba el vaso a los labios y tomaba un trago quedándose tendido allí, pero con el vaso en la mano y mirándola a ella largamente.

Odette pensó que nunca le parecieron tan claros sus ojos.

—No me pediste que te esperara, pero me dejaste un recuerdo muy hondo.

Por toda respuesta, él lanzó una mano y la volvió a introducir por los cabellos femeninos.

—Hueles a colonia de baño, Odette.

—Acabo de bañarme.

—Yo también me daré un baño luego. ¿Permites que me quede contigo esta noche?

—Oh, sí. Y todas las noches de mi vida.

—Gracias, Odette... Temí venir aquí y que tú siguieras viviendo con «los chicos».

—Vienen mucho por aquí. Se lo he contado todo, ¿sabes? Yo no les puedo ocultar nada a mis amigos.

—Justo, claro, Odette.

—Cuando los conozcas los apreciarás también. El día que desapareciste se lo dije y ellos fueron a tu almacén y a preguntar a tus conocidos.

Rol rió de buena gana y volvió a beber.

—Yo no tengo amigos, Odette, salvo tú. Tengo clientes y personas que exponen de vez en cuando algunos de mis cuadros.

—¿Qué ha sido de aquel desnudo?

Por toda respuesta Rol, sacó un papel del bolsillo y se lo mostró.

—Me dieron esto. Un diploma. He ganado el premio en aquella exposición, pero no vendí el cuadro. No quise venderlo pese a lo mucho que me daban por él.

—¿Dónde lo tienes? —preguntó ella anhelante.

Rol cerró un rato los ojos.

—He alquilado un estudio en un ático cerca de aquí.

—Entonces, ¿cuándo has llegado a París?

—Hace tres días.

—Rol —casi lloraba—, ¿y en tres días no has venido?

—No —dijo él con sencillez—. Estuve organizando mi vida. Durante este tiempo he subido unos peldaños, y mi pintura, si bien todavía no se cotiza a altos precios, sí se valora lo suficiente para demostrarme que un día llegaré a donde me he propuesto. He dejado el almacén. Tengo, como te digo, un estudio y allí vivo. No está lejos de aquí. Allí tengo tu desnudo.

—Rol, ¿vas a volver a marcharte?

Rol, que tenía los ojos medio cerrados, los abrió de nuevo, bebió otro trago, chasqueó la lengua y dijo:

—No lo sé, Odette. Yo soy ave de paso, pero algún día querré detenerme y si me detengo, será junto a ti.

—Rol, no te engañé. No te he sido infiel.

Él la miró largamente:

—No te pedí que me fueras fiel, Odette. Yo nunca pido esas cosas. Entiendo que cuando se quiere de veras, el amor basta para mantener firme ese cariño y no engañar a la persona amada. Si no existe el cariño es una estupidez guardar fidelidad. El cuerpo debe hacer aquello que desea.

—Pero es que yo no lo he deseado.

—Gracias, Odette. Pero yo no puedo decirte lo mismo. No te he olvidado, pero no te he sido fiel... Yo tengo mis necesidades fisiológicas y las he satisfecho, si bien en mi mente siempre has estado tú desde el día que te conocí.

—Pero me dejarás de nuevo —susurró ella angustiada.

—Eres apasionadamente mía, Odette, y eso me llena de una íntima y loca satisfacción. Pero yo nunca sé lo que haré mañana. Yo no soy de los que me detengo; pero si vuelvo, y siempre lo hago, volveré a tu lado. Eso es lo único que sé. He caminado por la vida, he visitado distintos países y muchas ciudades en mi furgoneta cargada de lienzos y pinturas, pero jamás en mi recorrido mujer alguna me dio lo que tú me has dado ni he sentido lo que siento contigo.

De repente se levantó y se desperezó:

—No he quedado satisfecho, Odette. ¿Permites que vaya a tu cuarto, me dé una ducha y vuelva a por ti, o prefieres esperarme en la cama?

—Sí, Rol.

—Pues vamos. Es como mi noche de bodas, Odette. La siento así. Después de un largo viaje, vuelve el marido y busca ternura, placer, la ansiedad, la felicidad compartida con una mujer.

—Rol..., ¿es que te vas a casar conmigo?

—¿No me caso todos los días estando a tu lado?

—Yo quisiera retenerte siempre.

Él rió con risa algo amarga.

—Si no me retiene el cariño, no esperes que a un hombre como yo le retenga un documento.

—Nunca te casarás, ¿verdad?

—¿Para qué, Odette? Yo soy anárquico, vivo como gusto vivir, pero, eso sí, queriéndote. Creo que nunca he querido a nadie como a ti.

—Pero eso no evitará que te marches de nuevo un día cualquiera y sin decir adiós...

—Detesto los adioses, las lágrimas, los suspiros de tristeza. Me gustan las cosas alegres, placenteras, la belleza auténtica como la tuya —le acariciaba la piel por debajo de la bata—. Me gusta tu piel sin potingues, tu cara sin afeites, tu voz sin llanto. ¿Entiendes?

—Sí, Rol.

—Pues a ponerte alegre.

Y soltándola ya en el interior del cuarto, empezó a quitarse ropa hasta quedar desnudo. Se fue al baño y se dio una ducha.

Al rato, aún algo húmedo, se tendía con ella en la cama.

¡Qué conocidas eran las caricias de Rol!

No las había olvidado, no.

¿Cuánto tiempo sin ellas?

Rol la besaba y la acariciaba al mismo tiempo.

—Venía yo con ganas de ti, Odette. De sentirte así. ¿Sabes que me eres familiar y, sin embargo, no soy capaz de olvidarte?

—Sí.

—¿Qué te pasa en la voz?

—Te quiero.

—Y por eso tienes esa vocecilla...

Se pegó a él.

Se pegó tanto, que se convulsionó enseguida y él tuvo que decirle:

—Calma, Odette, querida mía. Calma. Verás como te sabe mejor...

Ella se estremeció.

Rol dijo a media voz:

—En todo este tiempo no fui capaz de olvidar tu voz...

V

Los chicos estaban muy contentos, contentísimos de saber a Odette feliz junto a su amado.

Claro que conocieron a Rol y le fueron simpáticos al pintor, pese a que él no era partidario de las cosas al revés. Él era hombre y prefería sentir como hombre, y detestaba tanto a las lesbianas como a los homosexuales. Pero aquellos dos que tanto amaban a Odette le resultaban gratos.

Odette seguía en su trabajo y cuando le preguntaba a Rol: «¿Quieres que lo deje?», él se echaba a reír, respondiendo: «¿Por qué? Es un trabajo como otro cualquiera». Vivieron días felicísimos.

Bien en el estudio de Rol, bien en el apartamento de Odette.

Allí, en el estudio de Rol, pudo Odette contemplar su desnudo y otros que le hizo después. Estaban trazados con realismo y vigor.

Los cuadros se amontonaban por todas partes, pero eso sí en ninguno de los varios desnudos de Odette en distintas posturas, se le veían los rasgos... Los difuminaba Rol a su aire y resultaba la misma cara, pero sin poder advertir los rasgos preciosos de Odette.

Un día ella le preguntó:

—¿Por qué me difuminas?

—Eres apasionadamente mía, y cuando contemplen tu cuerpo denudo, no quiero que te vean a ti, sino la firme y real anatomía de una mujer.

—Pero soy yo.

—Sólo para mí, Odette.

Así transcurrió todo aquel verano.

Rol volvió a acudir a una exposición colectiva en una sala de arte y obtuvo el primer premio con un paisaje de la Costa Brava catalana. No le envaneció. Le faltaba mucho camino por recorrer, pero de todos modos ya no acudía a Montmartre porque sus cuadros los vendía en su propio estudio e incluso recibía encargos. Aconsejado por Odette, vestía algo mejor. Si bien no dejaban de ser ropas corrientes y sin pretensiones, aunque limpias.

«Yo no soy un señor, Odette —solía decir—. Yo soy un hombre, y pintor por añadidura.»

A veces, contemplándolo desnudo en todo su vigor y juventud, ella le acariciaba diciendo:

—Eres un señor, Rol.

A lo que él respondía riendo a carcajadas:

—No lo he pretendido jamás. Me basta con ser un ser humano concreto que sabe lo que busca. El señorío lo dejo yo para los clasicistas y yo no soy clásico, Odette. Ni tú eres una dama ni yo soy un caballero, pero lo que sí de verdad somos, es un hombre y una mujer. De eso damos fe los dos.

Y la daban.

Fue un verano loco.

Las postales que de Odette hacía Alain se vendían como rosquillas, y Alain, por lo mucho que ganaba, empezaba a pensar que pronto podría hacer una película de largometraje, si bien temía perder en la empresa todo su dinero. Y eso le retenía.

—Si un día hago esa película que pretendo —le decía a Odette—, tú serás mi protagonista.

Y cuando Odette se lo contaba a Rol, éste, cayendo de las nubes, decía riendo:

—Ilusiones, simples ilusiones. Yo también pretendo ser famoso, pero seguramente jamás veré una obra mía colgada en un museo. Pero mejor que uno tenga ilusiones, Odette. Así se vive mejor y más tiempo.

—¿Tú no crees en la suerte, Rol?

—No demasiado. Creo en el trabajo, en la constancia, en la perseverancia. Tu amigo Alain es un buen fotógrafo, pero eso no quiere decir que sea un buen director de cine. Yo soy pintor, pero eso no significa que llegue a ser una figura del arte. Vivo de eso. De algo hay que vivir. Antes de conocerte a ti, yo pintaba, vendía y después vivía del producto de esas ventas. Ahora siento más cosas. Tú tienes dentro de ti una sensibilidad que yo buscaba. Nos agrada el sexo a los dos. Lo vivimos y lo disfrutamos, pero también me encanta, en esas largas tardes de lluvia y frío, tenderme en un diván y charlar contigo olvidando el sexo y los placeres. Y me gusta tu mirada cálida y tu suspiro de ansiedad y esa forma que tienes de sentir el amor. Es como si todo el cuerpo se te deshiciera por dentro y yo, con mis besos y mi calma, me fuera complaciendo en componer de nuevo. Eres sensible, emotiva, silenciosa, discreta...

—Rol, ¿te dije que era virgen cuando me violaron dos gamberros?

—Sí.

—¿Y te dije que fue Alain, bisexual reconocido por él, quien me ayudó a recuperarme?

—Eso no me lo has dicho.

—Pues fue él. Creo que le debo el no sentirme traumatizada ni frígida para siempre.

—Yo te hubiera encontrado después —decía Rol riendo con ternura— y te habría sacado de ese oscuro marasmo humano. Pero de todos modos, demos gracias a Dios por que Alain fuera tan gentil ayudándote cuando todos sabemos que el sexo para él es algo tabú. En cierto modo, Alain es algo especial, porque disfruta sexualmente viendo actuar a sus colaboradores. Pero cada uno es como es y yo lo tolero todo.

A veces las charlas se hacían interminables.

Tanto en el estudio de Rol yendo de cuadro en cuadro, como en el apartamento de Odette. Y alguna vez iban los dos invitados a casa de los chicos, a comer el conejo guisado que hacía Eddy.

Así se inició el invierno y así un día Rol no fue al apartamento de Odette.

La muchacha no se inquietó demasiado. Estaban de acuerdo los dos en que si uno no iba al apartamento del otro, iría el otro al de aquél. Así pues, se vistió y se fue al estudio de Rol. Tenía su propia llave, que le había entregado él al principio de instalarse en el estudio.

Se sentó en un sofá y estuvo contemplando los cuadros que había por todas partes. Le extrañó que sus desnudos estuvieran tapados con lienzos. Y le extrañó aún más que el clásico maletín que llevaba Rol siempre consigo no estuviera allí.

No obstante aguardó. Y vio cómo la luz del día se moría y el estudio se envolvía en tinieblas.

No se movió de allí, sin embargo. No quería pensar que Rol se hubiera ido de nuevo.

Pero a medianoche, absorta y muda, se levantó y a tientas buscó la puerta. No creía que Rol estuviera esperándola en su apartamento. Creía conocer bien a Rol, ya casi del todo, y suponía que le había dado la vena y se había ido.

Subió a su estudio y lo encontró a oscuras y vacío.

No fue capaz de quedarse en él. Giró sobre sí y se fue al piso de los chicos, sintiendo la necesidad de compartir con alguien aquella angustia latente que parecía que le rompía el corazón.

Pulsó el timbre muchas veces hasta que sintió pasos.

Apareció Eddy envuelto en un lindo camisón de encaje transparente.

Odette no tenía deseo alguno de reír, pero tuvo como un conato de sonrisa al ver al tipo convertido casi en una damisela.

—¡Odette! —gritó—, ¿qué te pasa? —Y sin esperar respuesta añadió—: Mich, ven, es Odette.

Mich apareció despavorido, descalzo, envuelto en un pijama de seda y un gorrito en la cabeza.

—Oh —exclamó al ver a Odette—. No digas nada. Rol, ¿verdad?

Ella asintió, llorando.

A Rol no le gustaban las lágrimas, pero Rol no estaba allí en aquel instante. De modo que rompió a llorar, con lo cual Eddy y Mich se menguaron y se asieron de la mano como dos niños desvalidos que no saben qué hacer ante el dolor de su madre o de su hermana.

Los dos, uno por cada lado, fueron hacia ella y empezaron torpemente a acariciarle el pelo.

—Volverá. Rol vuelve, ya verás. Es así, pero vuelve...

—¿Y entretanto yo?

—Si lo pescamos —farfulló Eddy alzando un puño.

—¿Y si nos fuéramos a buscarlo, Eddy? —propuso inocentemente Mich.

—Eso es, eso es —dijo Eddy pensando que Rol estaría en cualquier esquina del viejo París.

Pero Odette los miró desolada, secando sus lágrimas.

—A Rol no le gusta que llore —susurró.

—¿Y te hace él llorar? Odette..., ¿no sería mejor que lo olvidaras?

—No es posible, Eddy.

—¡Pero así no vas a estar toda la vida!

—Tengo que estar. Él me quiere, sí, me quiere mucho, pero detesta los adioses como detesta las lágrimas.

—Un día volverá —dijo Mich convencido.

—Pero no tiene derecho a hacerle eso.

—Ya estás oyendo, Eddy. Odette dice que Rol detesta las lágrimas y los adioses, y seguramente, de repente, como a todos los artistas, le dio la gana de cambiar de ambiente.

—¿Y por qué no se llevó a Odette?

—Esas gentes desean y necesitan soledad alguna vez. Dejémosle. Odette..., tú tranquilízate. Verás como vuelve.

—Me quiere mucho, pero ¿y si se ha cansado de mí?

—¿De ti? ¡Oh, no, de ti no puede cansarse nadie!

—Gracias, Eddy.

Le acariciaban los dos la cabeza.

—Échate a dormir en tu cama, Odette —le aconsejó Mich—. La tienes como la dejaste, sólo que con ropa limpia. La semana pasada la lavó Eddy. Es mejor que te quedes unos días con nosotros.

—Sois muy buenos.

—Es que te queremos.

Y la besaban los dos con una ternura honda y rara.

Ella alzó las dos manos enternecida y les acarició el rostro. Parecían dos críos emocionados. Era lo que eran, pero a la vez pensaba Odette, eran dos seres humanos buenos, honestos, generosos, emotivos y llenos de ternura para ella.

Se quedó a dormir allí y aún estuvo tres días yendo y viniendo al estudio de Rol. Pero éste había desaparecido de París, como había desaparecido de la acera su furgoneta cochambrosa.

Cuando se convenció de que Rol se había ido de nuevo como se iría mil veces en el transcurso de su vida, seguramente, Odette vio el cuadro de Rol colgado con el galardón ganado.

—Ya ves —dijo Mich con su voz de inocentón—, no es ni gota de vanidoso. Cada vez que expone en estas exposiciones colectivas, se lleva el primer galardón y se queda tan pancho. Sigue en su vida de aventurero, pero si algo bueno tiene Rol y creo que tiene mucho, también tiene la de quererte apasionadamente.

—Pero me ha dejado —susurró Odette viendo su cuerpo reflejado en el lienzo, pero con la cara difuminada, de modo que en modo alguno se le podía identificar.

Eddy le asió la mano con timidez, susurrando:

—Volverá. Ya volvió otras veces.

Pero Rol no volvió en más de seis meses.

Un día, Odette dejó de ir por su estudio y se dedicó a su trabajo.

En aquel tiempo acudieron algunos productores a ficharla y si bien Alain le aconsejaba dedicarse al cine, se negó en redondo.

Tenía que esperar a Rol.

El corazón el decía que él no podría olvidarla y que algún día tendría que volver. Por otra parte, tampoco le llamaba la vida azarosa del cine, hacer amigos y conocer compañeros.

Al prefería que se quedara, pero como era del tipo de los chicos, desinteresado y generoso, insistía para que aceptara una entrevista.

No cedió.

Lo pensó más de cuatro semanas y dijo en todo momento que no. Su vida estaba trazada ya. ¡Rol!

Sin él la vida no tenía interés alguno, ni la fama, ni el poder.

Sobre aquello, ella y Alain, mano a mano y en el piso de los chicos, presentes ambos, tuvieron una larga conversación.

Alain era un hombre honesto.

Pagaba bien y no engañaba a sus colaboradores. Al que valía le daba una excelente oportunidad, ofreciéndole un porcentaje sobre las ventas. Al que no valía, le pagaba el sueldo que creía merecía y lo mantenía a su servicio mientras no fichara otro mejor.

No engañaba. Tenía ojo clínico para conocer a

sus colaboradores y si uno valía se lo hacía saber inmediatamente. Y si no servía, también le hacía la advertencia de que fuese buscando otro trabajo. Había de todo en aquellos estudios. Por allí desfilaban estudiantes, mujeres de vida alegre, madres de familia, amantes, esposas pero, sobre todo, universitarias. También iban artistas fracasados o que pretendían mantenerse en la eterna espera de la fama deseada o, por lo menos, del dinero suficiente para vivir de su profesión.

La conversación parecía una reunión familiar en la cual se iba a dilucidar el porvenir de Odette.

Mich y Eddy pensaban que merecía la pena probar a aceptar una entrevista con el productor que últimamente deseaba tener con ella una conversación.

Alain, respecto a eso dijo:

—Merece la pena. Me estás dando mucho dinero a ganar y tú también lo están ganando: pero de todos modos, yo estimo y entiendo que debes aspirar a más.

Odette, silenciosa, los miraba a los tres.

—Yo digo —decía Eddy— que debe probar.

—Y yo opino igual —adujo Mich—. La fama en el cine es como un meteoro, sube y se sienta sobre un pedestal y hace a uno rico en dos días si se tiene un poco de suerte.

A su pesar, Odette recordó aquellas frases de Rol:

«No creo tanto en la suerte como creo en el trabajo y la perseverancia».

También ella. Pero la suerte le podía ofrecer un contrato para el cine.

No obstante ella sabía que, de elegir, tendría que escoger entre la fama y Rol. Y la elección, para ella, era obvia.

—Si le presentan un buen guión, merece mucho la pena —opinó Eddy testarudo—. ¿Tú qué dices, Al?

—Como tú. El productor es bueno. Tiene recopiladas un montón de fotos de Odette en todas las posturas, compradas en distintos lugares de París donde las envían mis proveedores. Físicamente, le encanta Odette. Yo puedo dar fe de su talento. Si la doy yo que llevo en el oficio tanto tiempo, con más razón la dará un experto como puede serlo un productor.

—Odette —se dirigió Mich a ella—. ¿Qué dices tú?

—Si me dedico al cine y tengo suerte y logro la fama, ya puedo despedirme de Rol.

—Rol —protestó Alain—. ¿Quién se acuerda de él? Van pasados seis meses. No me digas que un hombre que ama a una mujer determinada está tanto tiempo lejos de ella.

—Rol me ama a mí —dijo Odette enérgicamente—. Pero ama tanto o más su profesión y estará pintando por esos mundos de Dios. Un día sentirá de súbito mi ausencia, me echará de menos intensamente y volverá, y yo necesito estar donde él me dejó.

Los tres se miraron.

Eddy carraspeó diciendo tímidamente:

—Tienes que ponerte en la realidad, Odette. ¿Y si Rol no vuelve?

—Soy bastante joven para esperar. Si no vuelve, ya habrá otro productor que me reclame y entonces sí aceptaré, pero pensando que soy una frustrada.

—¿Qué dices, mujer?

—Como mujer sí lo seré. Tú me dijiste que enamorarme era peligroso. Bien, pues me enamoré. Quiero a un hombre, soy feliz a su lado.

—Pero —insistió Alain— puede ocurrir que de nuevo, cuando más feliz te sientas a su lado, se te escape como está haciendo ahora.

—Un día volverá.

—¿Y estarás esperándole siempre?

Odette sabía que no estaba siendo muy realista. Pero aun así, el sentimiento mandaba en ella. La ansiedad, el anhelo de Rol...

No podía decirse tampoco que fuera una novata. Conocía a los hombres, los actos sexuales a patadas, pero para ella sólo había un ser masculino llamado Rol. Que nadie le preguntara las causas. Era Rol y sólo él. Con sus manías, con sus lagunas, con sus apasionamientos y su misticismo, pero Rol... Y sólo Rol.

—No —dijo enérgicamente—. No iré al cine. No necesito tanto dinero para vivir. No necesito fama. Quiero sentirme sólo mujer, y me siento mujer esperando que Rol vuelva.

—Bien, bien. Entonces, ¿qué le digo al productor?

—Que no.

—¿Estás segura, Odette?

—¿Por qué quieres perderme de vista, Al?

—Si yo no quiero perderte de vista. Si a mí me conviene que trabajes en lo mío, pero debo ser honrado contigo y es lo que trato de ser.

—Me quedo contigo.

Lo dijo con energía.

Los chicos y Alain se miraron.

Alain se levantó perezoso. Miraba a Odette con ternura y admiración.

—O sea, que te quedas conmigo.

—Sí.

—En espera de Rol.

—En espera.

—¿Y si no vuelve? —preguntó Mich.

—Volverá. Tiene que volver. Yo no soy capaz de marginarlo de mi mente. Puede pasar un año o dos, pero Rol volverá.

—¿Sólo porque tú no lo margines de tu mente?

—No. Porque él tampoco puede marginarme de la suya. Vendrá y volverá a irse un día cualquiera, y así ocurrirá durante años. Pero ya sé que un día, no sé cuándo, Rol decidirá detenerse y si se detiene se detendrá a mi lado. Para siempre.

Los tres, cruzados delante de ella, acariciándole el pelo.

Eddy la miraba pensando que Rol tal vez no volviera nunca.

Alain pensaba que Odette se perdía la mejor y tal vez única oportunidad de su vida. Mich era más sentimental y pensaba que tal vez Odette tuviera razón.

Para él la tenía, porque conociéndola, y eso que él no la conocía como Rol, no podía olvidársela.

Como ellos dos la amaron afectivamente desde un principio por todas las cualidades que ella reunía para ser evocada, querida, respetada y amada, Rol, un día, volvería a recoger lo que allí dejó.

Ajena a lo que pensaban sus tres sinceros y nobles amigos, Odette se levantó.

Miró la hora.

—Debo volver a mi casa. —Miró a Alain—. Si no te importa, mañana iré al trabajo, como siempre.

—¿Estás segura de que debo rechazar la entrevista que solicita el productor?

—Sí. Sí, por supuesto. No me interesa el dinero. No soy ambiciosa en cuestión de dinero. Pero sí soy ambiciosa de cariños, de ternuras, de pasiones, y ésas sólo puede dármelas un hombre. Esperaré a que vuelva.

La dejaron irse.

Se quedaron los tres silenciosos mirándose.

Nada más llegar al rellano, el corazón le dio un vuelco.

Una tenue luz asomaba por debajo de la puerta, lo cual indicaba que si Rol no había vuelto, había ladrones en casa.

Dudó antes de entrar.

Y no metió el llavín en la cerradura por temor. Pero sí apretó el timbre.

Casi enseguida oyó pasos y la puerta se abrió apareciendo Rol sonriente y como si no hubiera estado ausente seis largos e interminables meses.

—¡Rol! —susurró.

Rol la recogió en sus brazos y dio un empellón a la puerta.

La apretó contra sí.

Venía, como casi siempre, desarrapado, mal vestido y con pelo largo, cayéndole por la cara.

Allí mismo pegados a la puerta, Rol no intentó disculparse por su ausencia y Odette se dio cuenta de que tendría que compartir a Rol con sus propias ausencias.

No era posible retenerle. O se le esperaba, cuando le daba la gana de irse, o se renunciaba a él. Y renunciar, jamás lo haría.

Rol la retenía contra sí y le buscaba la boca silencioso.

En aquel beso, apasionante y tierno, le decía Rol todo lo que no quería o no podía decirle con la voz.

Quedaron los dos allí, junto a la puerta. Y allí mismo, alzándole la falda y deslizando los dedos por sus intimidades, Rol entró en ella.

Fue una posesión precipitada y rápida.

—¡Rol!

—¿Sí?

—¿Me vas a volver a dejar?

Rol la quería.

La retenía contra sí y la llevaba al lecho.

La desvestía con sus propias manos.

No preguntaba qué había hecho, ni dónde había estado, ni si le había sido infiel.

Nada le importaba a él.

Sólo aquel instante y todos los instantes de su vida, que aun lejos de Odette, él compartía en silencio y a distancia.

La llevó blandamente al lecho y se desvistió con la misma precipitación que la había desvestido a ella.

—Rol.

—¿Sí?

—¿Te irás de nuevo?

—Vive este momento. Apasionadamente mía, Odette. ¿Qué importa el después?

Ella aceptó.

Se fundió en su cuerpo y se confundió con él.

Era una posesión hambrienta, apasionante, vehemente, llena de fogosidad.

Pero tenía aquello que buscaba: Rol.

¿Sensibilidad?

¿La suya?

Sí, sí, él lo sabía.

Cada vez que se separaba de ella, sentía aquel vacío.

Y volvía a llenarlo.

Pero Odette sabía que un día cualquiera, Rol se iría, pero volvería.

¿Por qué no habituarse a eso?

Pero le era fiel.

Esperaba siempre su regreso y seguiría esperándolo, y también esperaría que un día desapareciera para volver. Con aquel ímpetu.

Aquel fuego.

Aquellos besos ardientes que parecían restallar en sus labios y confundirlo y apasionarlo todo.

Sabía que un día volvería a irse, pero otro, tardara más o tardara menos, volvería...

Ella tenía que estar pendiente de su vuelta. No de su ida.

Por eso se entregaba a él.

Estaban allí, los dos, sobre el lecho, desnudos, fundidos en uno solo.